迷うな女性外科医
泣くな研修医7

中 山 祐 次 郎

幻冬舎文庫

目次

HYに

Part 1　再会

四月という月は、同じところで働き続けていて環境に変化がなくとも、なにか心が入れ替わるような、新しい自分が始まるような、そんな気にさせる月だ。

頑張らなくては、と佐《さ》藤《とう》玲《れい》は上野公園前のマンションの自室の鏡に向かって口元を引き締めた。まだ三一歳だから、若い。だが、肌は確実に衰えてきている。ロクにファンデーションも塗らず、月に五回の当直で一晩中働き、オフの日でもしょっちゅう夜中に病院から呼び出しがある生活を続けてきたが、そろそろそれでは肌がもたない。ニッと笑顔を作ってみると、目尻の皺がくっきりしてきた。

この四月に、医師として七年目を迎えた。初めの二年は研修医だったから、外科医としては五年目になる。外科医は「一〇年目のハナタレ小僧」という言葉があるくらいだから、五年目でも一人前にはほど遠い。それでも、上司外科医の岩井修造《いわいしゅうぞう》は、私の学年ではあり得ないレベルの執刀機会を与えて、責任ある仕事をさせてくれる。よその病院における一五年目くらいの仕事をしていると言ってもいい。

そんな環境に感謝しつつ、また一年頑張ろうと気を引き締める。早く一人前にならなければ、という切迫感は変わらないどころか、年々強まっている。

勤務先の牛《うし》ノ町《まち》病院に着くと、研修医からそのまま外科に残った四学年下の雨野《あめの》隆治《りゅうじ》がすでに病棟でキーボードを叩いていた。彼にとっての外科初日、どれほど気合いが入っているのだろう。おそらく朝六時前から、検査結果や血圧などのバイタル・サインを電子カルテ上でチェックしている。

手先も働き方もけっして器用ではないが、真面目な男だ。欠点と言えば、病院にすぐ泊まってしまうことか。今日も仮眠室で寝たのだろう、後頭部の髪があらぬ方向に立っている。

「おはよう」

「あ、佐藤先生おはようございます。今日からよろしくお願いいたします。さっそくなんですが、ご相談がありまして……」

せかせかと雨野は話し始める。六日前に手術を受けた患者が、それも膀胱を一部切り取るような大腸癌の手術を受けた患者が発熱したという相談だった。

流れるような報告だが、およそ的確とは言えない評価《アセスメント》が含まれている。研修医の頃に回って以来の外科だ、無理もない。

「いや、この患者はバルーンカテーテルがまだ抜けていないから、この尿路感染は複雑性だよ。それを考えると、抗生剤は内服じゃなく点滴でいかないといけない」

「あ、そっか。そうですね」

頭を掻く癖も研修医時代のままだ。外科医として新米なのはともかく、こういうところは学生ではないのだから直して欲しい気もするが、そこまで教育するのが私の仕事なのだろうか。

「あのさ」

言いかけたところで、雨野はブツブツひとりごちながらキーボードを叩くと、カルテを書き出してしまった。

——まあ、放っておくか。

お気に入りの、大手下着ブランドが作っている白衣のポケットに両手を突っ込む。細身のシルエットが心地よい。

「そうだ、雨野先生」

「はい？」

「今日から受け持ち患者を何人か持ってね」

「わかりました、主治医ってことですよね！」

無邪気に嬉しそうな顔をされると、不安がよぎる。まあフォローしながらだな、最初は。

「じゃあ、ざっと回診に行ってきます！」

駆け出さんばかりの雨野は、まるでピュアな子犬のようだ。

「ちょっと待って。今日はまず二人、新患を持って。今日入院の二人ね」

「はい！」

「えーと、たまたまなんだけど二人とも大腸癌《コロン・キャンサー》の人」

マウスを操作して患者の画面を表示させる。雨野がぐっとこちらに身を寄せてきたので、玲は少し顔を引いた。そうしないと見えないのだろう。まあ、この男に限って下心があるはずもない。

一通り説明してから席を立つ。ざっと自分の患者のベッドサイドを回り、再びナースステーションに戻ってきた。

「あら先生、おはよう。相変わらず綺麗ね」

声をかけてきたのは、白いワンピースのナース服姿の看護師、吉川佳代《よしかわかよ》だった。清潔感のあるショートボブが似合う。

「ありがと。今日入院の二人、雨野先生が主治医なんでフォローお願いね」

「あら、そうなの。アメちゃん、もう三年目だもんね、了解」

ベテラン、といっても年は私とあまり変わらないが、外科病棟のことを熟知しているこのナースに一声かけておけば、なんとかなるだろう。


その日の夜は、牛ノ町病院の医師歓迎会だった。上野駅近くの居酒屋だ。新しく入ってきた数人の研修医を、この病院の常勤医師ほぼ全員で歓迎するのだ。

全部で四〇人以上はいるだろうか。当直の者や、まだ業務が終わっていない者を除き、ほとんどすべての医師が来ている。広いホールに丸テーブルが点々と置かれ、一番前には舞台のようにしつらえた低い台があり、その上にはスピーカーにマイクまで置いてある。

玲は舞台から見て奥のほうのテーブルに、外科部長と岩井、そして若手の雨野とともに席をとっていた。

迷ったが、きちんとした服装で来てよかった。グレーのフォーマルなワンピースに、淡いブルーのジャケットを羽織ってきたのだ。

いつも手術室で世話になっている麻酔科、急患を見てくれる救急医、そして毎週会議を一緒にやっている消化器内科の医師たち。さらに、あまり関わりはなくなったが、研修医時代に指導を受けた内科や耳鼻科、皮膚科の医師たちへの挨拶回りは、一通り終わった。雨野の同級生の耳鼻科医、川村《かわむら》が「今度飲みに行きましょう」としつこかったが、適当に流した。

戻って外科のテーブルに着席すると、司会の内科部長がマイクでアナウンスした。

「それでは、今年新しく来た先生方を紹介します」

牛ノ町病院の恒例行事である。自分も研修医の頃、スーツを身に纏《まと》って挨拶をしたのだ。あれからもう六年も経ったのか。

一人ずつ、自己紹介が始まる。毎年、いろんな研修医が入ってくる。患者とトラブルを起こす者もいる。看護師をやたらと誘う不届き者もいる。

品定めするような目で、一人ずつ見ていく。手元のジョッキの中のビールはとっくにぬるくなっていた。

「私はぁ、西桜寺《さいおうじ》凜子《りんこ》と申します」

カン高い声が響くと、店内はあっという間に静かになった。

「東京生まれ、世田谷育ち、出身は聖メアリー女子医科大学です。父が世田谷区長をやっていたので、世田谷以外のところで働きたいと思ってこちらに参りましたー！」

癖の強そうな女子だ。

「志望する科は、外科ーー！」

――え、本当に？

玲が思うのと同時に、同じテーブルの岩井や外科部長が「うおー！」と大声で叫ぶ。

「……以外ですぅー。すみませーん！」

みな笑っている。

――なんだこいつ、外科を舐めているのか。

「ちなみに、外科はなんで志望しないんですかー？」

司会の医師が聞いた。

「えー、だってー、なんかちょっと消化器って抵抗があってぇー。でも外科の先生たちは飲んでくれるので大好きです！　飲みに行きましょー！」

頭がクラクラする。あんな子が、外科にも回ってくるのだろうか。もちろん、外科で学ぶのは研修医の義務だから、三カ月は来ると決まっている。まあ、外科志望ではないと言っていたし、皮膚でも縫わせておけば、すぐに三カ月は経つだろう。

この病院の研修医はやる気のある者が多いと思う。日本の医学生は、医学部を卒業したあと、ざっくり半分が大学病院で、残りの半分がここのような市中病院で、研修医としての修練を積む。どこを選ぶかは完全に個人の自由だ。東京都内の研修病院はどこも競争が激しく、就職試験は厳しい。

一番ハイレベルなのが、いわゆるブランド病院と言われる聖約翰《せいヨハネ》国際病院、龍ノ門《りゆうもん》病院など。その次に、山手線の内側の立地のいいところにある大きい病院、国際治療センターや東京治療センターなどが来る。

牛ノ町病院はその次の第三グループと言っていいだろう。病院の規模はそれほど大きくはないが、その分、研修医でもいろいろやらせてもらえるということで、人気なのである。今年度の研修医は全部で六人だが、自分が受験したときには一〇〇人以上の応募があった。あの軽薄そうな女子もそういう熾烈《しれつ》な戦いを経て選抜されたのだから、なにか光るところはあるのかもしれない。

「なあ、けっこう面白そうなやつだな」

岩井が雨野と話している。

「そうですね。外科、いつ来るんでしょう」

まったく、男という生き物はどこまで単純なのだろう。少し顔が可愛いとすぐこれだ。

今週の手術はなんだっただろうと考えながら、ぬるくなったビールを一口舐める。すでにくたびれて見える白身の刺身をつまんで口にした。

「先生、あの子すごかったですね、サイオンジさんでしたっけ」

雨野が話しかけてきた。

「サイオウジ、だろ」

名前を間違えないのは医療安全の基本だ。雨野はまだまだ甘い。

「最初に外科回ってくるらしいぞ」

岩井が口を挟んだ。

「え！　外科《うち》ですか！　あんなに興味ないってはっきり言われちゃってましたけど、どうしましょうねえ」

「いや、オペに入れなきゃいいんよ、ほっとけばいいって」

玲は本気でそうしたかった。やる気のない研修医が、神聖な手術室に入ること自体腹が立つ。患者も医者も命がけなのだ、あの場所では。

「佐藤お前、そんな厳しいこと言うなよ」

「いえ先生、でもあの子はさすがにないんじゃないでしょうか」

女性医師に甘いところがある岩井でも、そこは同意してほしかった。

「ほら、佐藤怒っちゃったじゃないか、お前なんとかしろよ」

岩井がたまらず雨野に振った。

「あ、はあ、すみませんでした」

はあ、とため息が出る。雨野に謝られても仕方がない。もうとっとと帰って手術書でも読みたい。

そのとき、西桜寺凜子が外科のテーブルに挨拶に来た。

「失礼しまーす！　西桜寺凜子ですぅー、よろしくお願いしますー！　先生方は何科の先生ですかー？」

「外科の雨野です、よろしくね」

「さっきは、すみませんでしたー。でも一生懸命頑張りますぅ。よろしくお願いしますーー！」

「おおーよろしく」

「いいね、頑張ってね！」

岩井たちはグラスをぶつけて乾杯したが、玲はとてもそんな気になれず、大人気ないと思いつつも横を向いた。

「で、最初は外科配属《ローテーション》なんだよね？」

雨野が話しかける。

「そうなんですぅ。私、体力ないから心配で……」

「うん、まあちょっとずつやってけばいいよ」

「はい、ありがとうございます！　雨野先生、優しいですねー！」

凜子はさっさと次のテーブルに行ってしまった。

やれやれだが、三カ月の我慢だ。指導は雨野に任せればいいだろう。

自分のせいで気まずくなってしまったテーブルで、隣の雨野はビールを飲み続けていた。

*

「では、カンファを終わります。今週もよろしくお願いします」

飲み会の翌々日、月曜日の朝八時三〇分をちょっと過ぎたころ。岩井が言うと、カンファレンス室の医師たちが一斉に立ち上がった。毎週月曜日、朝八時からの外科の定例会議が終わったのだ。

雨野が壁のスイッチを押すと部屋が明るくなった。

「佐藤、ちょっといいか」

話しかけてきたのは岩井だった。

「はい」

「昨日の夜、ひとり緊急入院《キンニュウ》を入れた。お前に主治医をやってほしい」

昨日チェックをした段階では、今日の予定入院患者はいなかった。

「わかりました。どんな人ですか？」

そう尋ねると、ちょっと、と岩井が手で部屋の外に促した。他の人に聞かれたくない話でもあるのだろうか。

扉を出たところで、岩井は小声で話し始めた。

「直腸癌、少し狭窄症状が強いからオペしようかと思ってる」

狭窄症状とは、腸が詰まりかけたせいで便が出づらくなり、お腹の張りや痛みがあることを言う。

「何歳ですか？」

「四三歳だ」

若い。癌患者としては圧倒的に若年だ。

「それでな、実は、患者は東凱《とうがい》なんだ」

「トウガイ?」

　──まさか。

　その音列に、心臓がいちど大きく鼓動する。

「そうだ。四年前までここで働いていた、あの東凱慎之介《しんのすけ》だ」

　髭面《ひげづら》に優しげな目の、めっぽう手先の器用な東凱先生。あれほど懇切丁寧に指導してもらったのだ。忘れるわけがない。

「やつは今も東京医科薬科大の大学病院で、現役で外科医をやっている」

「東凱先生が直腸癌……」

　にわかには信じがたい。四三歳なんて、若すぎる。しかも、よりによってなぜ自分の専門である消化器の疾患に……。

「そうだ。あの東凱の主治医を任せたい」

　もと自分の上司であり、岩井の後輩、かつ現役の外科医。そして直腸癌の患者。

　なぜ私が主治医なのだろう。そもそも、なぜうちの病院で治療を受けるのだろう。

「東凱先生は、ご自分の大学病院には入院しないんですか?」

「お前、考えればわかるだろ。自分の職場になんか入院したくねぇだろ、知り合いだらけでややこしくて」

たしかに、言われてみればそうかもしれない。が、頭に疑問がいくつも浮かぶ。

「なぜ、私が主治医をするんですか？」

先生がやればいいのでは――とまでは口にしなかった。

「だってお前、大学の先輩なんかに主治医やられたくないだろう、普通。東凱とは大学時代からサッカー部の先輩後輩っていう間柄で、卒業後も同じ外科の医局だから、もう家族みてぇなもんなんだよ」

普通、がどういう普通なのかはわからない。だが、岩井がそう言うなら、自分がやるほかに選択肢はない。

「わかりました」

外科医は余計なことを口にしない。「上司に言われたことにはＹＥＳかはいと答えろ」と、目の前のこの岩井に教育されてきた。今回もそのようにするだけだ。質問はしてしまったけど、それぐらいは許されるだろう。

「じゃあよろしく」

そう言って岩井が去ったそのとき、雨野がカンファレンス室から出てきた。

「先生、プロジェクターの置き場って、僕が研修医で外科にいたときと同じ場所ですか？」

こちらの会話を知らないから、まるで関係のない話をしてくる。

「うん、病棟の医師控室のところ」

「わかりました、置いておきます！」

それだけ言うと、大きなプロジェクターの入った黒カバンを抱え、軽い身のこなしで階段のほうへと歩いていった。

落ち着かない新年度の幕開けになった。早歩きで階段へ向かった。

四階の外科病棟に着くと、エレベーターホールからまっすぐナースステーションへ向かう。大きなL字型のステーションにはざっと一〇人以上のナースがいて、パソコンに向かったり、点滴の準備をしたりしている。

ステーションのちょうど中央にある患者一覧板の前に立った。トウガイ、トウガイ、と呟《つぶや》きながら探し始める。すると、吉川が声をかけてきた。

「佐藤先生、おはよう。どうしたの？」

医者が困り顔をしているときにすぐ尋ねてくれる看護師は多くない。心からありがたいと思う。

「あのさ、昨日の夜入院した人を探してるんだけど。トウガイさんって人、知ってる？」

「あー、なんか岩井先生の知り合いでしょ、5号室よ。個室ね」

指をさした先にあったのは、「東凱 慎之介」と書かれたネームプレートだった。

「変わった名前ねえ」

吉川は、東凱が牛ノ町病院外科で働いていた頃はまだ外科病棟にいなかったので、知らないのだ。

「この人、岩井先生の後輩で、ここで働いてた外科医」

「えっ、うちにいた先生？　外科の先生が入院するなんてやっかいねえ」

吉川は真面目にそう言った。

「どういうこと、吉川さん」

「だってワガママで自分で動かないし、偉そうだし、ね。体も大きいでしょう、外科医なら。そうすると移乗《トランス》だって大変よ」

半分冗談のようで、本当にそう思っている節はある。

「そうかもね。ちょっと顔見てくる」

東凱に会うのはいつぶりだろうか。数年は経っているはずだ。

正直なところ、顔を合わせづらい。どんな言葉をかければよいかわからない。だが、主治医を仰せつかっているのだから、会わないわけにはいかない。

だったら、迷おうがどうしようが早く行ってしまったほうがいい。

ナースステーションからエレベーターホールの反対側に出ると右へ。突き当たりの一つ右に東凱のいる5号室はある。個室の扉をノックすると、「はーい」と懐かしい声が聞こえた。

「失礼します」

部屋に入ると、白いTシャツ姿の東凱が、ベッドの背もたれを起こして座っていた。顔を見た瞬間に、春の草原の風のようなものが胸に吹き込んできた。

口の上と顎《あご》に生えた髭は整えたというよりは生えてしまったという様子で、それとは対照的に、目元は切れ長で優しげだ。ここで働いていた頃と何も変わらない。長めに伸びた髪の毛は天然パーマ風にゆるくうねり、真ん中でなんとなく分けられていた。男振りは衰えず、老けた印象はない。

「東凱先生」

「よう佐藤先生、久しぶり」

「大変ご無沙汰しております。岩井先生から、先生の主治医になるよう言われています」

「おっ岩井先生が言ったんか、それは相当信頼されとるね。よろしく頼むわ」

頭を下げられ、恐縮した。

「まだ勉強中の身ですので、いろいろ教えていただければと思います」

「何を言うとるの。俺の主治医なんやからしっかりして」

そう言うと、がっしりした肩を揺らして豪快に笑った。

この独特の訛《なま》りが懐かしい。たしか、もともと博多弁だったのだが東京弁をうつされた、と言っていた。東凱が上司としてこの病院にいたのは六年前から二年間、その後、もともとの所属の大学病院に戻ったと聞いていた。

「先生は何年目になったの？」

「この春で卒後七年目になりました」

「そうかー、あの佐藤先生がもう七年目か。俺も歳取るわけだわ。じゃあ今はオペが楽しくて楽しくて、って学年やね」

「はい」

患者の前で肯定するのもどうかと思ったが、外科医の東凱になら許されるだろう。

「体調はいかがでしょうか」

「なんも聞いとらんか」

「はい、まだほとんど。すみません、急いで先にご挨拶をと思いまして」

「俺は直腸癌だと岩井先生から聞いている。それも閉塞寸前《つまりかけ》やって。どうも最近腹が痛いと思っとった。やっぱりあったな。まあ便が出づらくて血便が出とったけん、なんかあるとは思っとったが」

直腸癌の典型的な症状が出ていて、なぜ検査を早くしなかったのか。本人は専門家だというのに。

「健康診断などは引っかかってました？」

「そんなもん受けんけん、わからんわ」

ハッハッハ、とまた笑う。医者にありがちな、健診を全然受けないタイプだ。

「まあ手術は岩井先生がしてくれるらしいし、安心やね。岩井さん、今でもうちの医局で一番オペ上手いから」

自分が見ていても凄腕だとは思っていたが、やはり岩井の腕は高い評価を受けているのだ。

そういえば、岩井はもともと東京医科薬科大学の外科医局から派遣されて牛ノ町病院に来ているのだった。前にその話になったら、「派遣って言ったたって俺はもう大学に戻るつもりはないよ。戻れって言われたら医局を辞める」と言っていたが。

「では、岩井先生と相談して手術や検査の日程を組みますね。食事……はどうしますか？」

患者に尋ねるのもおかしいが、本人が外科医なんだからいいだろう。

「そうねえ、適当に——低残渣《ていざんさ》のお粥でも出しといてよ。あ、マグネシウムもしっかり出してね」

「わかりました」

「いろいろよろしく、主治医どの」

そう言って再び頭を下げたので、こちらも頭を下げ、部屋を出た。

落ち着け、落ち着け、と自分に言い聞かせる。東凱は患者なのだ。患者とは、きちんと距離を置いて、客観的に見なければならない。そう言い聞かせるだけで心が鎮まるのは、学生時代に弓道部で鍛えたおかげだ。

東凱は見た感じ、それほど栄養状態が悪いわけでもなく、貧血や脱水もなさそうだ。これまで何百人も担当してきたが、患者が外科医なのは、初めての経験だ。さらに東凱は岩井の後輩で、かつ自分の元上司なのだ。

主治医を仰せつかりはしたが、それは名ばかりで、いろいろ手続きや説明が面倒だから、岩井は自分に任せたのだ、と解釈する。距離が近すぎて、東凱と直接やりとりすると照れくさいようなことでもあるのだろう。

ナースステーションに戻ると、空いているPCの前に座り電子カルテにログインする。まっさきに開いたのは東凱のカルテだった。すぐにCT画像を開く。

「えっ……」

思わず声が出た。

モニター画面には、かなり大きな腫瘍が映し出されている。骨盤の中にはまり込むような、テニスボールほどの大きさ、七センチ以上の腫瘍だ。これほどまで大きな直腸癌は、初めて見た。

これは、どのような治療方針になるのだろう。いきなり腫瘍を取る手術にするか、それとも人工肛門を作る手術だけを先にやってから、抗がん剤や放射線を併用して腫瘍を小さくするか……。

いくつかの考えが頭に浮かぶ。たしか岩井は、

「オペしようかと思ってる」

と言っていた。考えながらマウスで画像をぱらぱらとめくっていく。肝臓に転移はない。次は肺だ。

「……！」

黒く映し出されるはずの肺に、豆粒ほどの白い点が大小無数に存在しているではないか。肺転移だ。

ぱっと見で一〇個以上はある。これほど多発《マルチプル》だと、手術で取るのは不可能だ。診断としては詰まりかけの直腸癌、多発肺転移。癌の進み具合を表すステージは、最も進んだステージ4となる。

思わず、画面一番上の年齢に目をやる。まだ四三歳だというのに……。大腸癌のステージ4は、なにも治療をしなければ半年で死亡する。ステージ4といってもいろいろな患者がいて、悪いほうとまだマシなほうがあるが、東凱は明らかに悪いほうだ。

東凱の屈託のなさそうな笑顔がちらつく。

なぜ、私が主治医なんだろう。岩井はいったいどういうつもりなのか。

そんなことを考えて、マウスを持つ手が止まる。

「佐藤先生、ちょっとよろしいですか」

雨野が後ろから声をかけてきた。

「おはようございますぅ」

うっ、とみぞおちを殴られたような感覚に襲われる。この甘ったるい声は、あの研修医、西桜寺凜子のものだ。振り返らずともわかる。

「今日から西桜寺先生が外科配属《ローテーション》で来ましたので、一件目の手術はさっそく入ってもらっていいですよね？」

今日はS状結腸癌と多発肝転移の水辺《みずべ》一郎《いちろう》の手術だ。自分の執刀で、岩井が指導に入り、雨野と三人の予定だった。

正直、初日の研修医に手術室でできることなど何一つない。それどころか、手術のスムーズな進行を妨げるだけだろう。

はっきり言って、執刀というストレスがかかっている今日のオペには、ズブの素人に入って欲しくない。だが研修医教育の手前、そんなことを言えるはずもない。

「ああ、第三助手で入って。最初だから手洗いとか清潔操作のやり方、教えてあげて」

「やったぁ！　ありがとうございますぅ」

西桜寺の反応は意外だった。歓迎会ではたしか外科以外が志望と言っていたが、手術に入りたいのだろうか。

「あれっ、先生入りたかったの？」

雨野も同じ疑問を抱いたようだ。

「もちろんですぅ。こう見えても手術、大好きなんです！」

「そうなんだ、じゃあよろしくね」

慌ただしく二人はいなくなった。

東凱のCT画像をいったん画面から消した。手術の前に見るものではない。朝からいろいろと乱された精神を、手術までの数十分で整えなければならない。


水辺の手術が終わり、玲は休憩室でカレー専門店CoCo壱番屋の出前のカレー弁当を食べ始めた。5辛という特別な辛さを注文したおかげで、カレールーが赤くなっている。一口食べるだけでビリビリと痺れる痛さ。もはや辛いというより痛いが、これくらいでなければ手術で張り詰めた神経を緩めることはできない。

「お疲れ様です」

手術直後の患者ベッドを病棟まで押してきた雨野が、凜子を伴って入ってきた。

「お、お疲れ。ありがとう」

二人は向かいに座ると、カレーを食べ始めた。誰も何も言わない。凜子が緊張しているのは感じるが、こちらからとくに言葉もかけない。カレーを咀嚼《そしやく》しながら、頭の中でさきほどの手術を反芻《はんすう》する。

外科医になって丸四年と少しのキャリアで、それほど難易度が高いというわけではない術式の執刀。この術式はだいたい三〇例ぐらいやっただろうか。途中で少しイレギュラーな操作を必要とはしたが、三時間足らずで終わったのはそこまで遅いわけではないだろう。他の病院の同学年の外科医と比べても、成長の速度は劣っていないはずだ。

岩井の指導も、手術を重ねるごとに口数が少なくなっていっているように思う。それはつまり、問題がないということだ。

毎回の手術の予習復習は欠かしたことがない。それでも、焦りを感じずにいられない。

恋人の渋谷《しぶや》春海《はるみ》と会う回数は、月に一度あるかないかだ。それはそうだ。手術のために、すべてを捧げているのだ。自分の生活などどこにもない。頭にあるのは、ただ腕を上げたいということだけだ。

ちらと前に座る二人を見る。凜子のほうが食事の進みが速いのは意外だった。そういえばさっきの手術中、岩井の指示で、カメラ持ちが雨野からこの子に代わった。ほんの一〇分ほどだったが、明らかにセンスがよかった。

——もしかしたら、外科向きなのかもしれない。

だが、そんなことを思ってもしかたない。こういう女子は外科に興味がないと相場が決まっている。

「お先」

玲はそう言って立ち上がると白衣を羽織り、病棟へと急ぐ。

病室に着くと、患者の顔を見た。全身麻酔直後の水辺は、まだ目を瞑《つぶ》っている。

「水辺さん、手術お疲れ様でした」

「おお、先生かい」

「無事、予定通り終わりました」

「そうかい、ありがとな」

それだけ言うと水辺はまた目を閉じた。

手術が成功した、という言い方は好きじゃない。おそらくほとんどの外科医が言わないだろう。

成功したかどうかは、これから何日後に食事が取れるか、傷が膿《う》まないか、痛みは強すぎないか、他のトラブルが起きないか、それらがすべてクリアできてから決まることだ。けれど、手術の結果を決めるのは、こういう短期成績だけではない。「この手術のおかげで命がどれだけ延びたか」もまた同じくらい大切だ。それは、何年か経たないとわかりようがない。これを「長期成績」と呼ぶと知ったのは、外科医になってからのことだった。

次の手術が待っている。

玲はくるりと身を翻《ひるがえ》すと、再び手術室へ向かった。

＊

金曜の夜、一九時を過ぎた頃、玲は医局で学会発表のためのスライドをまとめていた。その日は、朝に入っていた手術が患者の都合でキャンセルになり、急に仕事がなくなってしまった。日中は雨野と凜子にゆっくり手術のレクチャーをしたり、溜まっていた生命保険会社の書類に記入したりしていた。

今作っているのは、二カ月後に控えた消化器外科学会の発表のためのデータ解析だった。大腸癌手術が、抗がん剤治療をやらずに手術をする患者とやったあとに手術をする患者とで、難易度や成績がどう変わるかを、手術ビデオと手術時間や出血量などのデータから解析していたのだった。

ずっとマックのデスクトップ画面を睨《にら》んでいたため、目がチカチカする。動画編集にはまだ慣れない。

病院備え付けのグレーの事務デスクの上には、無印良品で買った柄のない円筒状のペン立てと、それに入れられた何本かの薬剤名入りボールペン、そしてパソコンのほかはなにも置いていない。

上に備え付けられた本棚には、研修医時代に買った教科書や外科の手術書が一〇冊ほど並んでいるだけだ。極端にシンプルだが、これでいい。

ため息をついて椅子にもたれかかる。目に入った天井では、茶色く変色した埋め込みのエアコンが静かな音を立てている。

手術のドタキャンで、岩井はずいぶん怒っていた。それもそのはずで、今日の手術のために特殊な道具を手配しておいたのだ。キャンセルになったからといって、急に別の手術を入れられるわけではなく、手術室は空室になってしまう。

確保していた外科医と麻酔科医、手術室看護師の人件費も無駄になる。一〇〇万円以上の損失になるだろう。なぜ飲食店やホテルではキャンセル料があるのに手術にはないのか。院長室に行ってキャンセルポリシーを作るよう訴えよう。岩井はそうとまで言って息巻いていた。

だが、言っていることはわかるが、仕方ないのではないか。患者だって気が変わることはあるだろう。命をかけた一世一代の勝負なのだから。

病院の損害は、またどこかで埋めればいい。そもそも病院は公益性が高いところなのだ。もっとも、そんなことを言っていられるのは、自分が若手だからかもしれないが。

ともかく、今日手術がなくなったのは正直ありがたかった。学会準備がだいぶ進んだし、積み上がっていた書類仕事もやっとこなすことができた。

近頃はがん保険に入っている患者が多く、ひとりで二、三種類入っているケースも珍しくない。保険会社の書類は会社によって書式がすべて異なるため、大変な労力がかかるのだ。そのうち雨野に任せたいが、まだ早い。

「ちょっといいか」

ひょいと顔を出したのは、岩井だった。

「はい」

上下水色の手術着姿の岩井は、医局の奥のソファが置かれた共有スペースにのしのしと歩いていった。手術がなくても、岩井はだいたい水色の手術着に着替えている。そしてなにか話があるときは、だいたい夜遅めの時間に直接声をかけてくる。メールや電話ということはまずない。

茶色いソファにどかっと腰を下ろして岩井が話し始めたので、自分もテーブルをはさんだ向かいのソファに座る。

「だいぶ上手くなってきたじゃないか、腹腔鏡手術《ラパ》」

「ありがとうございます」

「何例くらいになった？」

「これで、ラパの大腸切除は二八例です」

「七年目でそれなら大したもんだ。もう技術認定試験だって受けられるな」

岩井は頭の後ろで手を組んで、仰《の》け反《ぞ》るようにしながら足を組んだ。

「はい、受験資格は最短で八年目なのでまだですが。書類の準備は進めていきます」

「うん、そうだな」

岩井は手を膝に持っていき、組み手をした。

「それで、東凱のことなんだが」

——やはり。

岩井のここのところの懸案事項は東凱以外にはありえない。ほかに重症患者はいないし、治療が難航している患者もいない。

「CT、見たよな？」

その瞬間、あの画像が脳裏に浮かぶ。たとえは悪いが、まるで夜空に浮かぶ満天の星のような、黒い肺に点在する白い転移巣だ。

「はい」

もう、気が重くなってくる。これから続く岩井との会話が予想できてしまう。

「きつかったな、あれは」

返事はしない。きついというのは友人や家族が持つ感想で、医者の視点からの評価ではないからだ。その発言に、自分がなにかコメントをすることはない。

「とにかく、ＩＣしないとな」

ＩＣとは、インフォームドコンセントの頭文字をとったもので、「患者への病状説明と治療方針の相談」である。今の場合で言えば、あのＣＴ検査の結果、つまり肺転移が多発していると本人に伝えることを意味している。

「そうですね」

自分からしたくはないのだろう。それはそうだ。同じ医局の先輩後輩という関係は、かなり深い仲に違いない。医局に入ったことのない自分には想像がつかないが、きっと同じ釜のメシを食うような感じなのだ。そんな相手に、多発肺転移を伝える。それは、「もう治らない」と伝えることと同義だ。

「まったく」

同じ話題で足踏みをする岩井を見ていて、ある思いが湧く。そうであって欲しくはないが、おそらく当たっている。

「佐藤、お前話してくれないか？」

「……はい」

なぜ私が、なんて言葉はもう口にしない。お前の教育のため。お前が主治医だから。俺からは言いづらいから——。岩井が言いそうな理由なんていくらでも思いつく。

「悪いが、早々に頼むよ」

それだけ言うと、岩井は立ち上がった。

「わかりました。方針は、オペをしたあと、退院後に化学療法《ケモ》ですよね？」

「ああ、そうだ」

せわしなく立ち去る岩井の大きな背中を見ながら、考える。

——いつ言おう。

岩井も言っていたように、なるべく早いほうがいい。家族の予定も聞いて、セッティングをしよう。

＊

「では、よろしくお願いいたします」

深く頭を下げる。

「そんな恐縮せんでよ、主治医殿」

病院指定の、ベージュ色の薄い浴衣のようなパジャマに身を包んだ東凱が笑った。手からのびた透明のチューブは、シルバーの点滴架台にぶら下がった透明のバッグに繋《つな》がっている。

岩井と話した翌日、土曜の夜七時。玲と東凱は、病棟の小さな説明用個室にいた。電子カルテのパソコンとモニターが置かれた中くらいのテーブルと、椅子が四つあるだけの部屋だ。

東凱には入り口側に座ってもらい、自分は奥に入っている。向かい合って、パソコンのモニターを一緒に見るような形だ。

ICのとき、特に「良くない知らせ」を伝えるときにはこの座り方がベストだと、三年前の院内講習で習った。医師は患者の味方であり、ともにモニターに映る病気と戦っていきましょうという姿勢が自然と伝わるからだという。本当かどうかわからないが、今では院内のほぼすべての医師がこのスタイルらしい。

「いいね、この部屋。病棟に一個こういうIC用のところがあると便利なんだよなあ」

東凱のそんな何気ない言葉にも、これから告げる内容が見透かされているのではないかと、思いをめぐらせてしまう。

「でも、ちょっと狭くて」

「まあ、家族が多いと困るよな」

今日のセッティングでは、東凱は特に家族を呼ばなかった。独身だから妻はいないが、まだ四三歳だ。親は存命ではないのか。

「それで、先日のCTの結果なんですが」

「お、さっそく来るんやねえ」

あらかじめログインしていた電子カルテで、東凱のCT検査をダブルクリックする。

東凱が身を乗り出したので、パジャマの下に着込んでいる白いシャツが目の端に入るが、気にせず続ける。

「こちらが、直腸の腫瘍です」

肺を見せないようにして、先に直腸の画像を映し出す。

「おお……おお……」

東凱は画面に見入っている。

「ちょっと貸して」

東凱が画面を見ながらマウスに手を伸ばしたので、こちらの手と当たってしまった。

ごつごつとした指には、太めの黒い毛が生えている。

　玲はすぐに手を引っ込めたが東凱は気にしていないようで、自分でスクロールし出した。

「こりゃデカいね。どうすっかな。岩井さんはなんて言っとった？」

「先に取ろうかと思っている、と言っていました」

　東凱は、マウスに乗せていた手を顎髭に移し、少し考える様子を見せた。

「そうか。まあ岩井さんなら余裕なんだろうけど、けっこうキツそうだな」

　それは、手術を受ける患者側じゃなくて、執刀する外科医側の感想だ。外科医というのは、自分が患者になっても、外科医目線になってしまうのだろうか。

「で、遠隔《メ》転移《タ》はなしでオーケイ？」

「いえ、それが……」

　マウスを手にすると、肺野条件と呼ばれる肺の白い画像をクリックする。

「え？　肺？」

　東凱が意外そうな声を出したが、手を止めない。一気に行かなければ、言えなくなる。

　黙って一番上から順に肺をスクロールしていく。

「なにこれ？　え？　これ、俺？」

東凱は明らかに動揺した。

「……ご覧のように、両側《りょうそく》に多発しています」

努めて冷静な口調で告げる。

「その他、肝転移や腹膜播種《はしゅ》はありませんでした」

東凱はいまどんな顔をしているのだろう。画面から目を離すことができない。

「結論としては、直腸癌肺転移、ステージ4になります」

わかりきったことを言う。言葉が宙に浮いているような、そんな感じだ。東凱の顔を見た。

虚《うつ》ろな目、手はもう髭を触っておらず、テーブルの上で握っている。

「ですので、手術先行ですと……」

「うん、わかった」

東凱は立ち上がった。

「ええよ、佐藤。もうだいたいわかったけ。ありがとうな」

そう言い放つと、くるりと後ろを向いて部屋を出ていってしまった。バタンと扉が閉まる音で、玲は我に返った。部屋の外から、点滴架台を押すガラガラという音が聞こえる。

やはりショックは大きかったか。当然だ。専門知識のない患者でも頭が真っ白になる。ましてや、同じ病状の患者を何人も診てきた外科医だ。CT画像を見て、一瞬にしてすべてを悟ったに違いない。

何もしなければあと半年の命だということ。手術を受け、抗がん剤のために毎月病院に通い続けても、平均で三年半ほどしか生きられないこと。その生活は、副作用とともにあること。

自分の専門領域の癌にかかるとは、どれほど残酷なことなのだろうか。

東凱は本当に自分の病気に気づいていなかったのか。

あれだけ大きい直腸癌があったら、おそらく排便はしづらかったにちがいない。血便や腹痛などの症状もあったのだ。薄々感じてはいたが、検査で確定させたくなかったのだろうか。

そうも思うが、それほど意気地がないタイプとも思えない。一見豪気な九州男児であっても、内面は気弱なものなのか。

とにかく、自分は主治医としての責務を果たすだけだ。余計なことは考えまい。

玲はマウスを手にすると、ログアウトボタンをクリックした。

＊

翌朝、病棟のナースステーションに行くと、すでに雨野がパソコンでカルテを書いていた。

「おはよう」

「先生、おはようございます」

「あれ、研修医は？」

今日から雨野と一緒に回診しているはずだったが、姿が見えない。まさか、もうドロップアウトだろうか。

「なんか、お腹が痛いとかで、ちょっと休んでいます」

雨野が言いにくそうにこちらを見上げた。

「生理ね」

女というのは厄介なものだ。毎月決まって腹が痛くなり出血するなんて、いったいどういうハンデだろうか。男にそんなハンデはない。

「病棟、なにか変わりあった？」

「そうですね……終末期《ターミナル》の小泉さんは、ちょっとずつ尿量が減っています。あと術後の患者さんはみんな順調です。あ、そういえば」

　雨野が頭をかきながら続けた。

「東凱さん、いや、東凱先生ですね、外出希望がありましたので許可しておきました。いいですよね？」

「外出？」

　食事もろくに取れず痛みもあるいまの病状、点滴もしているのに院外に出るということだろうか。

「用件ってなんか聞いてる？」

「いえ、聞いていませんけど……確認しますか？」

　患者が外出や外泊をするのにいちいち目的を尋ねることはしていないのだから、そんなことを聞かれて雨野が戸惑うのももっともだ。

「いや、いいわ」

　それとなく本人に尋ねるのがいいだろう。ちょうど昨日のＩＣのあとだし、顔を見たいと思っていた。

「他はある？」

「大丈夫です。ありがとうございます」

相変わらず丁寧な男だ。

ナースステーションの床を蹴って廊下へ出る。一年目の若い看護師がすれ違いざまに頭を下げる。まだ二二歳くらいだろう。

自分はその頃まだ大学生だった。北陸の大学生活は、東京生まれ東京育ちの自分にとって正直なところ退屈だった。服を買うところもないし、遊びに行くとしたらスキー場か大自然、ほかにやることと言えば飲み屋で地酒を飲むしかない。

都会の感覚を忘れたくないと思ったが、できたのは雑誌「ＶＯＧＵＥ」を定期購読したことくらいだ。読むとなかなか面白く、解約が面倒なこともあって、いまでも読み続けている。

高校時代に仲が良く、別の大学の医学部に行った鷹子《たかこ》が、医学生時代に表参道でお茶をしたとき持っていて、見せてもらったのがきっかけだった。鷹子はその後、産婦人科医になった。

店員の薦めるままに適当に服を買っていたくらいだから、もともとファッションへのこだわりはまったくなかった。外見なんて、美容外科でいじればいくらでも良くなると思っていた。

もっとも、そんなことを言えるのは、自分の見た目にある程度自信があるからかもしれない。あの麴町《こうじまち》にあった女子校の中学、高校時代には、まわりから美人だと言われていた。

「VOGUE」にときどき掲載される、「オンナを上げる」のような企画は鼻につくが、鮮やかな写真は見ているだけで気分が良くなる。

原色のドレスに彩られた黒人女性の瞳の力。八〇年代風に撮影された妙な髪型の女性。型破りな生き方をする海外セレブ女性のインタビュー記事もいい。

システムも人も、何もかもが旧態依然とした外科という世界に身を置いているから憧れる、というだけではない。読んでいると、不思議と「自分は自分の仕事を頑張ろう」という気になるのだ。

「失礼します」

ノックをして扉を開けると、東凱はベッドから離れて据え置きの椅子に腰掛け、ネクタイをしめているところだった。白いワイシャツに紺色のシンプルなネクタイが映える。

「よ、佐藤先生」

「今日はいかがですか」

本題から入らず、体調を尋ねるところから始める。

「ありがとうね、変わらんよ」

「変わりない」とは、おそらく腹も痛いし通じもあまりなく、ということだろう。昨夜からなにか調子が変わったわけではない。

「わかりました。今日は外出されると」

「うん、ちょっと教授に報告してくるんよ」

教授。多くの医者にとって、すべてに最優先する人のことらしいが、自分にはピンとこない。大学の医局というものに所属していないからだ。

医者のうち七、八割は医局に所属し、そのトップに君臨する教授に人事権やら何やらを握られる。もちろん中には人格者もいるだろうが、産婦人科の医局に入っている鷹子は「ハラスメントのデパート」と言っていた。セクハラ、パワハラ、モラハラに加えて研究を人質にしたアカデミックハラスメントまであるらしい。

東京医科薬科大学の外科学講座に入局している東凱は、入院中に病気を押してでも教授に会いに行くという。

「そうなんですね」

電話やメールではダメなのだろうか。きっとダメなのだろう。

「ほら、復帰の目処《めど》とか伝えなきゃいかんけん」

――復帰。

内心動揺したが、表情には出さずに済んだ。

「わかりました」

イエスでもノーでもなく、感想を述べるわけでもない。ただ、用事について理解したという返答にとどめる。

「というか、完全復帰はできんって言うだけなんやけどね。もう俺はこれから患者や」

東凱が付け加える。そうだ、東凱は医者、それも自分よりもはるかに先輩なのだ。お茶を濁したような返事で取り繕ったことなど、見透かされているに違いない。

そうは思っても、なんと言えばいいかわからない。

「心配いらんよ、ヤケを起こすわけじゃないから」

ひと言ひと言、東凱は先回りをしてくれる。そう、そういう気配りができる人だ。

「はい、先生どうぞお気をつけて」

なんの意味もない、こんな言葉しか出てこない。脂の乗り切った中堅外科医が、第一線から降りるとボスに伝えに行く。そのときにかけるべき言葉は、なんだろうか。重すぎて、到底わからない。

病室を出た玲は、心拍数が上がっていることに気づき、思わず右手で左手首の脈を取った。トットットットッと心臓から送り出された血液が、ゴムチューブのような血管を打つ。

これまで、どれだけ厳しい話を患者に伝えても、こんなことはなかった。どんなときでも冷静さを保てるのが自分の強みだと思っていたのに、いまはコントロールできていない。

ナースステーションに戻ると、雨野と凜子が二人で一つのパソコンを使ってなにか話している。

「おかしいなあ、どうしたらいいんだろう」

「雨野先生、これはぁ、まず入院オーダーの条件にしてからでないと出せないんですよぉ」

「そうなんだ！　知らなかった。先生、詳しいねえ」

雨野が頭をかいている。

「オリエンテーションで教えてもらいましたぁ」

これではどちらが先輩かわからない。無駄に偉ぶることはないが、ちょっとした威厳は必要だ。こと外科においては。そういうこともゆくゆくは教えていかないといけない。

それにしても、東凱の精神面のフォローをどうすればよいのだろう。この若手たちに言っても仕方がないし、ナースに言ったところで、相手が外科医ではどうにもならない。

岩井に言う以外、選択肢はない。だが、あの夜の医局での会話を思い出すと、岩井が東凱を元気づけられるとも思えない。ブルドーザーのように何事も一気呵成《かせい》に持っていくタイプの岩井は、相手の心情をくみとって微に入り細にわたりという対応は苦手だ。それは、岩井との長い付き合いの中でわかっている。

東凱をフォローする、励ますことなど、どうにもできないことなのか。支持的な態度、訴えの傾聴……教科書に載っているような精神的なサポートも、相手が医者だと、どれも虚ろに響く。

椅子に腰掛け、キーボードを叩いて電子カルテにログインする。あらためて、「東凱慎之介」の名前をクリックする。主治医は佐藤玲、担当医にはいつもあるはずの雨野の名前はなく、代わりに岩井の名前が入っている。まだ外科に入りたての雨野には診させないということか。

結局のところ、自分が向き合うしかないのだ。それが、主治医たる自分の務めなのだ、きっと。

そして自分が主治医となっている患者はほかにもいる。外科で合計九人はまあまあ多いほうだ。大腸癌、胃癌、鼠径《そけい》ヘルニア、腸閉塞、胃潰瘍穿孔《いかいようせんこう》……ずらりと並ぶ病名を見て、気が引き締まる。

*

二日後の夜七時を過ぎた頃、玲は東凱とともに再び病棟の小さな説明用個室にいた。三日前と同じように入り口側に東凱を座らせ、自分は奥の席についた。

「それでは、手術の説明をします」

「簡単でよかよ、いつもやっとるけん」

言いながら東凱は右手で患者用パジャマの襟をぐいと寄せた。笑顔はない。

手術が急遽《きゆうきよ》、明日と決まり、このICがセッティングされたのだ。岩井は、「簡単でいいからICしといて、どうせ全部知ってるんだしな」と玲に任せてきた。

自分としては、手術の説明は岩井からしてもらいたかったが、仕方がない。手術日が決まったので説明しますと東凱に伝えると、家族などは呼ばずに一人で聞くと言った。独身で、年老いた親がいたとしても、手術のことは言わないのかもしれない。

「明日、午後の枠で手術を行います。全身麻酔と硬膜外麻酔で、術式は、腹腔鏡下《ラパ》低位前方切除《ローアンテ》術です」

　直腸癌の術式を述べた。

「うん、人工肛門《ストマ》はどうする？」

「造らない予定で行きますが、術中に縫合不全《リーク》の危険性が高いと判断したら造ります」

　ここは外科医によって判断が分かれるところだ。東凱のように腫瘍が大きく、腸や全身のコンディションがあまり良くない場合には、予防的人工肛門というものを上流に造り、直腸の繋ぎ目を保護することがある。

「そやな」

「予定時間は、三時間。出血は少量の予定です。岩井先生が執刀し、私が助手をします」

「うん、岩井さんなら安心よ。速いのに丁寧やけんね」

「まず、傷の位置ですが……」

　用意しておいた手術説明用紙を出す。

「あ、ええよそういうのは。大学と同じやり方やけん、俺もいつもやっとる方法やろ」

「そうだと思います。では、合併症のところだけ」

いくら相手が同じ専門家とはいえ、まったく説明しないわけにもいかない。医師には説明義務があるのだ。

一枚紙をめくり、「予想しうる合併症」という項目を指差し、「ご存じと思いますが、読み上げます」と前置きをして始めた。

「まず一番懸念されるのが縫合不全です。万が一起きてしまうと、緊急手術により人工肛門を造ることになります」

「どんなもんなん？　最近の牛ノ町の成績は」

いたずらっぽい顔で聞いてくる。

「だいたい、一から三％です」

このあいだ、学会発表でまとめていたデータが頭に入っていたので助かった。

「お、なかなかよかね」

「ありがとうございます。次に、創部の感染や肺炎、尿路感染などの感染症の危険性があります。ほかには、心筋梗塞や脳梗塞など致死的な合併症が起きることがまれにあります」

一般的な注意事項を読み上げる。

「また、直腸癌の手術ですので術後の神経障害が起きる可能性があります。排尿障害、性機能障害です」

「おっ、来たね」

東凱はテーブルの向こうから身を乗り出した。

「どうかね、この歳で神経障害はきついんやけど。岩井さんだから、神経も残してくれねえかなあ」

東凱の言う神経がどちらの、つまり排尿関係なのか、それとも勃起や射精に関する神経のほうなのかわからない。

返事をする代わりにマウスを操作し、先日撮ったMRIをモニターに表示させた。白と黒、それにグレーが東凱の骨盤の中を表現している。

「先生はどう思う」

東凱に尋ねられるのは意外だった。てっきり、自分で画像を見て評価すると思っていた。

「……そう……ですね」

正直なところ、腫瘍はかなり神経に近い。腫瘍をきっちり取ろうとすると、神経を傷つけてしまう恐れがある。逆に神経をなにがなんでも残そうとすると、腫瘍に切り込んでしまうかもしれない。それは、腹の中に癌細胞を飛び散らせてしまい、再発の危険性を撥《は》ね上げることを意味する。そのまま言うべきか、もう少しオブラートに包むべきか……。

そもそもなぜ東凱はこんなことを尋ねるのだろう。自分の目で見て、判断はついているはずだ。ひょっとして私を試しているのか。それとも、不安が募り、若い後輩ではあっても主治医である私に聞いているのだろうか。

かすかに微笑《ほほえ》んだ口元から、真意はうかがえそうにない。同業者を治療するとは、こういうことなのか。

「極めて難しいと思いますが、腫瘍に近づかず、神経を残すことにトライしたいと思います」

「なかなかええやんか。それでよか。ちなみに排尿障害のほうな、俺が言っとるのは」

うんうん、と満足したように頷《うなず》く東凱は、まるで上司のようだ。

「こういうときは、患者には『難しいけどベストを尽くします』って言うんよ」

驚いた。指導的な気持ちからの「先生はどう思う」だったとは。自分の体のことなのに、そんなふうに余裕を持てるものなのか。

「ありがとうございます」

「ま、岩井さんなら大丈夫やろ。それとも佐藤が執刀する?」

「いえ、そんなことは」

「ハハ、俺は別にええけどね」

口では笑っているが、長い睫毛《まつげ》の奥の目は、あながち冗談ではないようにも見える。このような難易度の高い手術を私が執刀したら、明らかに再発のリスクが上がる、つまり、東凱の生命予後が悪くなるというのに。

いや、もしかしたら東凱は、手術内容うんぬんではなく、多発肺転移のほうが予後を決めると考えているのだろうか。もちろん医学的にはその可能性も十分にある。

「では、こちらにサインをお願いします」

玲は胸ポケットから出した四色ボールペンを説明用紙の脇に置いた。

「こっち側に書くのは初めてや」

東凱は、「患者氏名」と書かれた欄に名前を書いている。長年、何度も同意書にサインをしてきた外科医が、今度は患者側に記名をするのだ。いったいなにを思うのか。

顔を下げて真剣に名前を書く東凱の頭につい目が行く。この男の黒々とした髪は、一本一本がとても太く、大きな弧を描いてうねっており、まるで南国の木々のように生命力に満ち溢れている。とても癌にかかっているとは思えない。

東凱慎之介、と書き切って東凱は満足したようだった。

受け取った同意書を見る。トメやハネが力強く、猛々《たけだけ》しい文字。なにも事情を知らない者が見ても、込められた意志や決意を感じるだろう。

「ありがとうございます」

ただ五文字を書くという行為だが、これは治療のための契約が正しく結ばれたという重要な証だ。この書類によって、東凱は手術を受けることに同意をし、同時に、手術によって発生する可能性のある身体への異変を理解したということになる。

これまで一〇〇人以上の患者に手術の説明をし、同意書にサインをもらってきた。東凱という患者によって、その意味、ことの重さを、あらためて突きつけられた気がする。

いままで、なんと気軽に説明してきたことだろうか。ときには忙しさを理由に、早口でまくしたてたことさえあった。中には、どう考えても半分も理解していないだろうという高齢患者だっていた。

患者が同じ外科医の東凱だからといって、急に丁寧に説明をするようなことがあってはならない。人によって態度を変えるような医者は、自分が最も嫌うタイプではないか。

いまのところは、ほかの患者と差別するようなことは何一つしていない、と思う。

しかし、これはなんだ。一度病状説明をしただけで、一度手術前の説明をしただけで、こんなにも心を揺さぶられている。

自分は、どんな患者であっても最善を尽くす。余計な感情の入り込む余地などない。私はそうやってきたし、それが自分の武器だとさえ思っている。なのになぜ……。

いまになって、岩井が東凱の主治医を務めないのは理解できる気がした。

東凱が退室したあと、玲は部屋に残り何度もＭＲＩの画像を見返していた。小一時間ほども見続ける玲の頭には、初めて研修医としてこの病院に来て、東凱から指導を受けた日々のことが蘇っていた。

Part 2　外科医志望

「それでは、着席してください」

東京下町、浅草近くの牛ノ町病院の二階で、研修医になったばかりの佐藤玲は入職式に参加していた。

紺色の着慣れないパンツスーツのせいで、余計に肩に力が入る。

式といってもそれほど広くない会議室に長机と椅子が並べられ、一番前に同期の新人五人が並んで座っている。ほかは院長、司会の女性と、事務方の人がいるだけだ。

「続きまして、院長の訓示でございます」

司会役のグレーのスーツ姿の女性が厳《おごそ》かに言うと、背の低い白衣姿の男性が正面に立った。院長というより、まるで街中の中華料理店の親父みたいだ。短い白髪の下にかけられた眼鏡は、大きすぎるのか鼻が低すぎるのか、下がっている。

「ええと、はじめまして、だよね」

　マイク越しの声は、見た目から想像するより高く、そして優しげだった。

「君たち四人の医者とひとりの歯医者は、正確にはまだ国家試験の結果が出ていないので見習いだ。まあうちに合格するんだから国家試験に落ちるやつはいないだろうけどね、もし落ちたら今月末には退職ということになる」

　その言葉を聞くと体が硬くなる。そう、まだ医師免許は持っていないのに、医師として病院に就職したのだ。毎年みんなそうだとはいえ、こんなスケジュールはどうにかして欲しい。

「二年間の研修医生活は厳しいものになる。内科はこう言っちゃなんだけど楽だ。けど、外科は大変だと思う。上級医たちは全力で君たちの教育に当たるんだけれど、一方で君たちは全力で学ぶ義務がある」

　穏やかに話しながら、急に眼光が鋭くなった。

「勘違いしちゃいけない、権利ではない、義務だよ。一〇倍の倍率を戦って勝ち取ったこの病院の研修医になるからには、厳しい修業に耐える義務があるんだ」

　義務、と強調して言った。

「そして、迷ったら、とにかく患者のために。これを忘れてはいけないよ」

院長は念を押すように、ぐるりと若い医者たちを見回した。

「以上、よろしくね」

そう言ってマイクを置くと、そのままひょこひょこと部屋を出ていった。

「院長先生、ありがとうございました。それでは、本日のスケジュールを説明します……」

事務の女性の説明を聞きながら、玲はこれまでのことを思い出していた。

昼休みに教室までピザを頼む者も、ある日突然金髪にする者もいた、あの自由な女子中・高時代。東京は麴町というど真ん中にあって、でも気取ったような女子生徒はごく一部で、過ごしやすかった。

規則はたった四つだけ。指定のバッジを服のどこかにつける、課外活動は申し出る、校内では上履きを履く、登校後の外出は禁止。自立せよ、という学校のメッセージはしっかり刷り込まれたように思う。

そして現役合格で行った、北陸・福井での六年間の医学生時代。弓道部は楽しかったけれど、マンションから大学までの通学路の雪には最後まで慣れることができなかった。最終学年である六年生の秋、就職試験で東京に滞在した一週間で六本木ヒルズから見た東京タワー。淡々と受けた医師国家試験。

あっという間のことだった、なんて言うつもりはまったくない。外科医だった父の影響で医者になりたいと思ってから、本当に長い道のりだった。医学部志望の生徒はたくさんいたが、お金持ちの家の子はみな都内の私立医学部に行った。うちのような勤務医や、普通の収入レベルの家の子が、国公立の医学部を目指した。

どの科の医師になるか、自分の中では迷いはなかった。父に憧れて医師を志したのだから、同じ外科を選ぶのは当然のことだった。外科医の仕事は、だいたいわかっているつもりだった。父のような生活をすればいいのだから。そこに男も女もないと思っていた。

これからどんな生活が始まるんだろう。早く、一人前の外科医になりたい。そうして、いつか父と専門的な話をしたい。

女だてらに外科医志望なんて——これまでさんざん言われてきたが、もうそんなことは誰にも言わせない。自分は自分の信じる道を行くのだ。

茶色いパイプ椅子の上で、玲は胸が熱くなるのを感じていた。

＊

「おう、研修医か。お前は一年目だったな？」

一週間の研修《オリエンテーション》が終わった翌週の月曜、朝九時。玲は手術室にいた。事務から、初日の月曜日は手術室に九時に来るようにと言われていたのだった。手術室1で声をかけてきたのは、大柄な岩井だった。

「はい、一年目の佐藤玲と申します。よろしくお願いします」

岩井は丸椅子に座ると、白い手術室用ソックスを履きながら、研修医の名前などまるで興味ないという風に質問を続けた。

「お前は外科志望なんだっけ？」

「はい、外科志望です！」

思わず声を張り上げてしまう。

「元気がいいな。まぁ外科なんて体力勝負なところあるからな。部活はどこの出身だ？」

「弓道部でした」

「ほお、弓道部か。なかなか渋いところついてくるな。バスケ部かと思ったが」

よく意味がわからないので、曖昧に返事をした。

「一年目の最初の三カ月が外科なんてほんとに気の毒だが、まぁ最初は何もわからなくて当たり前だから、オペにたくさん入っとけばいい」

岩井はそれだけ言うと立ち上がった。

気の毒とはどういう意味だろうか。そして何もわからなくて当たり前だから手術にたくさん入れとは。

とにかくやるしかない。手術台の上の患者を囲んで忙しそうに動く七、八人を手術室の片隅で見ていた。誰がドクターでナースか、いまいちわからない。それ以外の人もいる雰囲気だ。学生のとき実習した大学の手術室では、手術着の色で職種が分かれていたが、ここはそういうわけでもなさそうだ。男性はみなブルー、女性はみな臙脂《えんじ》色の手術着を着ている。

見学に来た学生ではないのだから手伝わなければと思うが、なにをすればいいのだろうか。結局、邪魔にならないよう部屋の端に立つのが関の山だった。

「研修医、なにやってんだ！　こっちこい」

岩井が振り返って大声を出す。

「はいっ！」

「膀胱尿道カテーテル《バルーン》、入れたことあるか？　ないよな、まだ初日だからな。やってみろ」

横たわっているのは三〇代だろうか、若い男性患者だった。なんの手術かも聞かされていない。

「え、と……」

岩井が袋から出したブルーのトレイには、水の入った注射器にプラスチック製の大きいピンセット、ピンポン玉ほどの綿球が三つ、それに大きなバッグに繋がれた細長い管が載っていた。

学生のとき見学した記憶もあるが、思い出せない。なにからやればいいのか、見当もつかない。

「なんだお前、やり方わからんのか。清潔操作は学生で習わないんだっけ」

言いながら岩井は大きな手に青い手袋をすばやくはめると、患者の茶褐色の陰茎を左手で強く握った。

「男の尿道は長いから、ぐっと持ち上げて直線化する。こう、ワイングラスで乾杯する感じだ」

一瞬、冗談なのかと思ったが岩井は真面目に続けた。

「いいか、この時点で左手は不潔、右手は清潔だ。こっちを握った手はもう絶対に離さない。右手一本で、カテを持って入れていく」

陰茎の先端から、太めのストローのような管を入れていく。見慣れない光景だが、戸惑っている暇などない。

「んで、このへんで抵抗があるけど、前立腺尿道だからちょっとずつ入れていく。コツは、優しくちょっとずつ入れる、それだけだ」

秒速1センチメートルでゆっくり管が入っていく。

大柄な岩井の見た目からはとても想像がつかない、やわらかい手つきで、まるで夜想曲を弾くピアニストの手のようだ。

「じゃ、次からお前がやれよ」

「わかりました」

玲は頷くと、メモしたい、と思った。一度で覚えておけるとは思えない、この手順を記録しておきたい。

ズボンのポケットから小さいメモ帳とボールペンを取り出して書こうとすると、

「おい何やってんだ！」

と岩井に一喝された。

「え……」

咄嗟《とっさ》のことで、なぜ怒られたのかわからない。

「お前さ、学生じゃねえんだよ。外科医は一回見たら覚えろ」

「はい！」

どうやらメモをしたのがいけなかったらしい。慌ててポケットにメモ帳とペンを戻した。

「じゃあ、手を洗うぞ」

岩井が手術室1を出たので、慌ててついていく。

「わかりました」

手を洗う、という言葉が通常の意味ではないことは知っている。外科における手洗いとは、「専用の石鹸で肘の上まで洗い、よく拭いたあとにアルコールをしっかりと摺《す》り込む」行為だ。

「お前まさか、手洗いできねえとか言うんじゃねえだろうな」

「いえ、できます」

学生時代に実習で習った。これくらいはできる。手術室の廊下にずらりと並んで設置された手洗い場の鏡に向かい、岩井の隣で手を洗う。

大学生時代、外科を臨床実習《ポリクリ》で回ったときの、学生指導係だった中年の小太りの外科医を思い出した。他の学生の目を盗んで「飲みに行こう。連絡先を教えてよ」と誘われたのだった。

思い出すだけでも気持ちが悪い。私のようにはっきり断れる学生はいいが、そうでなければ簡単に不倫かなにかにからめとられてしまうだろう。まったく、女子というのは面倒だ。

鏡に映る自分と目が合う。手術用の青い紙製の帽子はすっぽりと額を覆い、眉毛もほとんど見えない。国家試験後、思い切ってショートカットにしたのはやはり良い判断だった。手術のたびに髪をまとめる時間などない。同じく青色のマスクは、涙袋のすぐ下まで迫っている。

自分はいま、医師として手術室で手を洗っているのだ。そう思うと、震えるほど嬉しい。正確にはまだ医師免許は持っていないが、国家試験はまず合格しているだろう。自分はやっと、この場所に立てたのだ。

「先行ってるからな、早くしろよ。でもきっちり洗えよ」

手洗いを終えた岩井が手術室1のほうへ行ってしまった。擦《こす》る手を速める。

手術室に入ると、岩井と手術室看護師が患者に大きな紙をかけるところだった。

「さ、急ぐぞ。今日は夜があるからな」

手術は、岩井と自分の二人でやるようだった。初日の自分と二人でとは驚きだが、第一助手だなんて胸が躍る。

夜がある、とは、今夜は病院の歓迎会があることを言っているのだろう。

「ええと、虫垂炎《アッペ》はやったことあるんだっけ」

「いえ」

「そうかそうか、お前は医者初日だったな。じゃあ今日は見ていろ、次から執刀だから
よく覚えろよ」

「は、はい！」

次から執刀っ　まさか、そんな、もう？

「ほら、早くこっち持って引っ張れ」

「はい！」

考えている余裕などない。渡された道具を持つと、思い切り引っ張る。

「おい、強すぎだ！　裂けちまったじゃねえか！」

まるで魚の鱗のように白く光る膜が裂け、血が出てしまっている。

「すみません！」

「ったく、これだから女医ってのは加減が利かねえ。ほら、鑷子《せっし》もらって止血しな」

止血しな、と言われても何をどうすればいいかわからない。看護師に半ば強引に渡さ
れた大きめのピンセットは、自分の小さい手に余る。

「おおーい、止血もできねえのかよ。手術終わらねえぞ」

苛立《いらだ》つ岩井の声がだんだん大きくなる。だが、どうしようもできない。鑷子を持つのも初めてだし、止血操作など見たこともない。いや、実際には学生時代の手術見学で見ているはずだが、自分がやるつもりで見ていたわけではないから、まるで記憶にない。

「貸せ」

岩井が鑷子を奪い取る。眼の内側から液体が滲《にじ》んでくるのを、ぐっと堪《こら》える。

手術が終わり、玲は手術室の隅で呆然と立ち尽くしていた。パソコンの前でキーボードを叩く岩井、患者に「手術が終わりましたよ」と声をかける麻酔科医、患者にタオルをかける看護師、金物店のようにずらりと並んだ器械を数える看護師。目に見えるすべての光景が、まるで自分のいることとは別世界のように感じられる。

何一つできなかった。

それどころか、自分がいないほうが手術は早く終わったに違いない。要は、邪魔しかしていなかったのだ。

厳しい言葉にやられただけではない。無力感に苛《さいな》まれただけではない。これから学ぶもののあまりの大きさに、到達する場所のあまりの遠さに、脳が麻痺している。

自分は、外科医になんてなれるのだろうか。

少しでも気を抜くと、ある考えが津波のように押し寄せてくる。

――わざわざ自分が外科医になる必要などないのではないか……。

福井の医学部時代、自分が外科志望と口にするだけで、同級生も実習で出会った医師たちも物珍しそうな顔をしたものだ。へえ、なんでまたわざわざ。女なのに外科？　子ども生まれたら続かないよ。

唯一応援してくれたのは、中学・高校と同級生だった鯉江《こいえ》鷹子だ。東京に帰るたびに鷹子は話を聞いてくれた。

「私だって産婦人科医になるんだから、あんただってやりたいことやりなよ。外科医やりたいの？　じゃあやればいいじゃない」

その力強い言葉を聞かせてくれたのは、たしか晩秋の帰省中、東京駅前丸ビル一階のカフェのテラス席だった。

渋谷春海を紹介してくれたのも鷹子だった。半ば強引に連れて行かれたパーティーで出会った天文学者の渋谷とは、付き合って一年半になる。

付き合い始めた頃、玲が外科志望だと話すと、渋谷は、「いいじゃん、外科医なんてカッコいいよ」と言ってくれた。だが、この仕事の実情をわかっての言葉ではない。まあ、あえて詳細を説明しなかった、いまだにちゃんと説明していない自分も自分なのだが。

それにしても、これほどまでに何一つできないとは。

学生時代、外科が好きで、五年生のときの必修である二週間の臨床実習《ポリクリ》に加え、六年生でも四週間を外科実習選択にした。毎日手術を見て、ときどき皮膚を縫わせてもらうなどしていた。多少は手術のことを理解している自信があったし、他の人より外科医のセンスがあるのではないか、などと思っていた。

それが、医学部を卒業し病院現場に来たら、なにもできない。比喩ではなく、本当になにもできないのだ。ただ看板のようにつっ立っているだけ。目の前で忙しそうに動き回る看護師たちや岩井を見ていて、まるで映画のスクリーンを見ているようだった。

「ほら、レントゲン撮るから出ろ」

スクリーンから飛び出してきた岩井に声をかけられ、我に返った。患者の麻酔を醒ます前のレントゲン撮影だ。医師も看護師も、撮影時のわずかな放射線被曝《ひばく》を避けるために、手術室から一時的に出る。

「はい」

かすれて声にならない。

「研修医」

岩井の声が耳に入る。

「はい」

「最初はこんなもんだ」

え、と見上げると、岩井は笑顔をつくっていた。

「初めからできるやつはいない。この三カ月の間に、この手術を執刀させるから頑張って復習しな」

「は、はい！」

岩井は歩いて行った。

そう、初めからできるわけがないのだ。今日はそれを知るための手術だった。患者さんには申し訳ないけれど、早く成長するから許して欲しい。頑張って、一人前の外科医になる。これが、私の生きる道だ。

「研修医のセンセイ、早く戻って手伝って！」

室内から看護師の声が聞こえ、慌てて手術室へと戻った。

＊

「五番の方、診察室1にお入りください」

マイクでそう告げると、入ってきたのは三〇代後半の男性だった。白いボタンダウンのシャツがぶかぶかに見えるほど痩せて身長が高い。四角い銀縁のメガネに七三分けのヘアスタイルは、ひと昔前のハリウッド映画に出てくる日本人キャラにそっくりだ。

初日の手術から一週間が経ち、玲は初めて当直業務にあたっていた。壁の時計は二二時を少し過ぎている。

当直とは、前日の朝から夕方まで働いたあと、休みなくそのまま救急外来で救急医として朝まで働き、さらに朝になったら外科の通常業務をすることをいう。過酷な三〇時間以上の連続勤務を、玲は恐れつつも楽しみに待っていた。ついにその日が来て、いつシャワーを浴びるんだろうとか、いつ食事を取るんだろうという疑問も浮かばない。

「なんだよ、女医かよ」

目も合わさず小声で呟くのを、聞き漏らさなかった。白衣の前をそっと右手で寄せると、尋ねる。

「脇田さんですね。今日は、どうされましたか」

「どうもこうもないよ、風邪が治らねえんだよ。いったい何時間待たせるんだよ」

風邪で救急外来を受診とは、よほど具合が悪いのだろうか。パソコンのモニター画面に目をやると、待ち時間は一時間二〇分と表示されている。だいぶ待ったせいで、機嫌が悪いのだろうか。

「いつから、どんな症状ですか？」

「見りゃわかるだろ、咳と鼻水。一週間」

ゴホゴホと咳き込むこの男は、マスクをする気もないようだ。

キーボードを叩き、「一週間前から咳と鼻水あり」と電子カルテに書く。

「それで……」

何を求めているのかわからず、続きを促す。

「明日も仕事あんだから、早く治る点滴をしてくれ。俺は点滴をすりゃいつもすぐ治んだよ」

「点滴、ですか？」

「そうだよ、いつも行ってる若林内科クリニックじゃすぐやってくれるんだからさ」

メガネを中指で押し上げながら睨んでくる。ベタついた前髪は、何日か風呂に入っていないのか、少しすえた臭いがする。

しかし風邪に効く点滴とは、なんの薬剤なのか。まるで見当がつかない。若林内科というクリニック名も初耳だ。

「風邪に点滴は効かないと思いますが、どんな点滴をやってるか内容はわかりますか？」

カルテに「点滴希望　クリニックでいつもしているとのこと」と打ち込みながら話す。

「は？　何言ってんの？　わかるわけねえだろ、こっちは患者だぜ」

ややこしい患者さんだ。

「すみません。では……」

電子カルテで点滴オーダーのボタンをクリックする。が、なにを入力すればいいか、まったくわからない。

固まっていると、脇田が再び呟き込んだ。

「早くしてくれ、風邪ひいてしんどいんだから！……だから女医は嫌なんだよ」

頭が真っ白になる。どうしよう。

「どうした」

外来ブースの裏動線のほうから顔を出したのは岩井だった。脇田の大きい声が聞こえたのだろうか。助かった。

「先生すみません、ちょっと点滴なのですが……」

「点滴？」

岩井が脇田に軽く会釈をすると、パソコン画面を覗《のぞ》き込む。

「咳？……ちょっと代われ」

立つと、岩井がどかっと肘掛け椅子に座った。

「すみません代わりますね、外科の岩井と言います。今日は風邪ですか」

「え、ええ」

脇田は大柄な岩井に圧倒されているようだった。

「風邪に効く点滴ってねえ、ないんですよ。そんなもんは」

下から覗き込むように、岩井は脇田の顔を見た。

「風邪薬、一日分出しとくんで、明日にでも点滴してくれるクリニック行ってください。はいお大事に」

そう言われた脇田は素早く立ち上がると、

「すみません、ありがとうございます」

と頭を下げて診察室を出て行った。部屋を出るときに一瞬、こちらを見た気がした。

「……ったく、ロクなもんじゃねえな。たまにいるんだよ、ああいう患者。若い医者にはわけのわからんことを言って、俺みたいなおじさんが出るとすぐに引っ込むんだからよ」

若いだけではなく、女だということが不快だったようだが、それを岩井に言うべきだろうか。

「まあ気にすんな、一定の割合であああいうのはいるからな」

それだけ言うと、恐ろしい速さでキーボードを叩いた。

「点滴希望あるが適応なし、感冒薬処方」

「これで待っている患者は最後か」

「はい、一応そうです」

「うん、じゃあそろそろメシでも食うか」

救急外来の隣にある控室に入ると、ところどころが破れたソファに座る。たしか学生で見学に来たときもこの部屋で座り、研修医の先生に説明をしてもらいながらお茶かなにか飲んだ記憶がある。

岩井は慣れた手つきで小さなテーブルに置かれた白いカレーの入れ物を取り出した。

「ええと、お前はなんだっけ」

「ビーフカレー、5辛です」

「え、そんな辛いの食べるのか？　お前」

大声で笑うと、岩井は蓋を開けてプラスチックのスプーンで食べ出した。当直が始まる前に注文しておいた、ＣｏＣｏ壱番屋のカレーだ。迷ったが、遠慮なく好みを頼んでしまった。ココイチというカレー屋は福井の大学の近くにもあったから、学生時代にたまに行っていたのだ。

　岩井はポークカレーの大盛りにカツを載せたものだった。なんとなく、外科医っぽいオーダーだ、と思う。

「カツカレーにソースをかけるかどうかってのは、悩ましいものがある。俺なんかは、かける派だ。なぜかわかるか」

　まるでこのレントゲンの異常所見はどこかわかるか、というような口調で岩井が尋ねた。いえ、わかりませんと答えそうになった。でも、質問をされたとき、なにかしら答えないと悔しいと思う。

「カレーライスとソースカツと、一回の食事で二つ楽しめて効率が良いからでしょうか」

　外科医は多忙だから、きっと時間効率を求めるに違いない。

「違うよ、それが好きだからだ」

　岩井はそう言うと、口の中のカツを丸見えにしてまた笑った。汚い、が、不思議と嫌悪感はない。

「身もふたもない、と思ったか。そうじゃない。研修医の間というのはな、いろんな科でいろんな医者を見て、いろんな患者を見る。そういう経験の中で、人間というものはいかに千差万別で、自分の狭い考えや想像だけでは理解できないものかを学ぶ必要があるんだ」

納得できるような、ただのこじつけのような――いまいち反応に困って、一口カレーを食べた。熱風が口の中を駆けるように、一瞬にして辛さが広がっていく。

「医者をやっていると、ついつい人間をパターン化してグループに分けたくなる。腎臓が悪い人は生活態度が悪い人、食道癌になる人は破滅的で酒タバコ、乳癌は細かい性格で神経質、大腸癌は大雑把でよく笑う小太り、てな感じでな。それはある意味で間違ってはいないんだよ」

そうなのだろうか。まだ医者になってわずかの自分には、よくわからない。

「だけど、それはただの傾向だ。わかるか、傾向。ただそういう傾向にある人が多いだけで、その人が本当はどんな人かってのはわからないんだよ。よほど、その人と深く関わって、長いこと一緒に治療をするわけでもなけりゃ」

岩井は喋《しゃべ》りながら一口、また一口とカレーを食べていく。半分以上食べてしまったのを見て、玲も慌ててスプーンを口に運ぶ。

「医者を長くやるってことは、人間がいかにわからないかを理解するってことなんだよ」

そうなのだろうか。患者に寄り添い、毎日顔を出して話をすれば、完全に理解することはできなくとも、ある程度は理解できるのではないだろうか。

「ま、いまは何言ってるかわかんねえだろうな。お前は何科志望なんだっけ？」

「外科です」

「そうか」

ほとんどの人が驚くか笑うかするこの返答を、岩井はそのどちらでもなく、かといって強く支持する、という態度でもなく、ただ受け止めたようだった。

ほんの数日前にも手術室で言ったことを、この先生は忘れているのだろうか。

そういうふうにも見えない。そういうふうというのは、つまり一度聞いた研修医の志望科を忘れるようなタイプということだ。豪放磊落《らいらく》にして、実は緻密で繊細。岩井とはそんな人間ではないかと思うのだ。

「外科なんて体力勝負だからな。部活はどこの出身だ？」

まったく同じコメントと、それに続くまったく同じ質問だ。ただ豪快なだけの、忘れっぽいおじさんなのか。ここは一つ、攻めてみるか。

「先日もお伝えしたとおり、弓道部でした」

「あれ、前も聞いたっけ」

「はい、手術室で」

そうかそうか、と悪びれるそぶりもなく弁当をかき込んだ。これはつまり、研修医相手にいつも同じ質問をしているということなのだろう。

岩井の中における自分という人間の存在の軽さが、悔しい。自分がどの科の志望なのか、たとえ同じ外科の志望であっても、まるで岩井の関心事ではないのだ。いまは無理だけど、いつかこの中年男に認めさせたい。もちろん女の武器など使ってではなく、外科医としてだ。

どれだけ時間がかかるかはわからない。ましてや研修医のあいだに外科を諦めて他の科に行く可能性だって、ないわけではない。いや、そんなことはないと思うが、自分には全然適性がないかもしれないのだ。

とにかく、やれることをやる。ときにはあんなふうに患者に嫌な思いをさせられることがあっても、めげずにやるだけだ。

辛いカレーをかき込みながら、玲はそう決意していた。

「そういえば、明日から一人新しい先生が来るからな」

岩井は前もって買ってあったペットボトルのスポーツドリンクを飲むと、そう言った。

「え？」

「大学から派遣でな。俺の後輩なんだけど」

「大学、ですか？」

「あれ、お前なにも知らないのか。牛ノ町病院《ウチ》の外科は、東京医科薬科大の関連病院なんだよ。俺らイカヤクの医局から来ている。とはいってももう何年も帰ってねえし希望もしてないから、まあ半分はここに永久就職だがな」

関連病院。医学生の頃に、練習とその後の飲み会にちょくちょく来ていた弓道部のOG医師から学んだ。

そのとき聞いた話によれば、日本中の大きめの病院は、ほぼすべてがどこかの大学の医局と呼ばれる医師集団から医師を派遣してもらっている。何年かごとに医局から来る医師が入れ替わることが多い。

医局から見ると、たとえば東京医科薬科大学の外科医局（正しくは消化器外科学講座などと呼ぶ）にはいろいろな年齢の外科医が合計五〇人いて、関連病院が二〇あり、その規模に応じて外科医を一～三人、二、三年の契約で派遣する。

外科医は、いろいろな関連病院を数年ごとに巡り、途中で大学病院でも数年は働き、キャリアアップをしていく。その過程で専門医資格を取ったり、大学院に入学して医学博士号を取ったりするのだ。

医局の頂点には教授がいて、人事権のすべてを掌握する。OGが言うには、関連病院は教授に現金を何百万円と渡し、少しでも良い医者を多く派遣してもらうよう頼むことが昔はよくあったらしい。それが明るみに出て、贈賄や収賄の罪に問われた事件もある。

関連病院にしてみれば、医者を派遣してもらえなければ自前で採用する必要があるが、そもそも医局に所属していない医者は数が少なく、また質も担保されていない。安定的に確保するには、採用のためにかなりの額がかかる。しかし医局と関係を保てば、安定して医者を派遣してもらえるし、あまりに変な医者だったら教授にクレームを言うことだってできるのだ。

「俺のちょっと後輩だが、やたらと頭が切れるし、手術の腕もいい。あれでもう少し従順さがあれば、教授候補といってもいいくらいだ」

岩井はまるで自分のことのように嬉しそうに自慢する、おそらく仲が良いのだろう。そんな優秀な外科医の指導を受けられるのはありがたいが、怖い先生でなければいいなとは思う。

その外科医は、突然朝六時の病棟、ナースステーションにやってきた。

「よう、君が研修医の佐藤君か。よろしく」

パソコンのカルテを睨んでいた後ろから急に話しかけられたので、動揺した。急いで立ち上がると、

「は、はい！　よろしくお願いします！」

と頭を下げた。顔を上げて、背の高いその医師の顔を見上げた。それほど濃くない髭を口のまわりにぐるりと生やし、通った鼻筋の上には切れ長の優しげな目がある。パーマをかけているのか生まれつきなのか、緩やかにウェイブした髪が真ん中で分けられ、目元まで伸びている。

「ん……俺、なんか顔についてる？」

「あ、いえ、すみません！」

いつの間にか顔をまじまじと見てしまっていたようだ。恥ずかしくなって慌てて目を逸《そ》らした。

「大学から来た東凱です。今日から多分一年か二年お世話になるからよろしくね。岩井先生はさすがにまだ来てないよね？」

「はい、いつも七時ごろいらっしゃいます」

新しく赴任した上級外科医が、まさか朝六時に病棟に現れるなどとは、思ってもみなかった。

「佐藤君は、一年生？」

まるで小学生の学年みたいだが、大学ではこういう言い方をするのかもしれない。

「はい、一年目です」

「いいねえ、ピッカピカかー。俺はね、いま何年目だっけ。歳取ると学年わかんなくなるんよね」

言葉の端々に違和感を覚える。標準語とは微妙に違うイントネーションなのだ。どこだろうか。

「……ええと、三六歳やけん、一一年目やね。俺、二浪したかんね」

急に方言を強く出してきた。自分のこれまで会ってきた人の言葉のうちでは、博多弁と似ている。だがそんなことをいきなり上司に聞いていいものだろうか。

「そうなんですね」

「佐藤君は、いや、君なんて言っちゃいかんね、佐藤先生やね。先生、大学は?」

「福井大学です」

「おおー福井か。眼鏡の有名なところやね。部活は?」

初対面で大学名と部活を尋ねる。世間的には変わった習慣に見えるらしいが、医師の間ではわりと普通のことだ。

「弓道部でした。先生は東京医科薬科大学《イカヤク》のご出身ですか?」

弓道部では相手が話に困るので、逆に質問するということをこれまで何度やったかわからない。学生のうちから、マイナースポーツプレーヤーとしての自覚はあるのだ。

「そう。サッカー部やったよ、岩井さんと一緒」

部活の先輩だから、岩井さんなどと呼ぶのだろう。サッカー部と言われれば、たしかにそんな雰囲気がある。

大学が違っても、サッカー部出身の医師はみなサッカー部風だ。クラスの中で目立つ存在で、見た目にもそこそこ自信がある。体育祭でも文化祭でも、なにをやるにしても中心的存在になりたがる。男女関係に関しては軽薄で、その軽薄さを隠そうとしない男子……といったところだろうか。

もちろん、サッカー部っぽいですね、なんてことは言わない。言うと喜ぶ男が多く、それはそれで不快だからだ。

「先生は、何科の志望なの？」

「外科です」

ここぞとばかりに即答した。〇・〇一秒でも早く、そしてはっきり答えることで、他の科など微塵《みじん》も考えていないことと、外科医になる気持ちが強いことを示したかった。

「お、やっぱりそうだよね。先生はさ、外科のオーラ出てたよ、背中から」

胸を突き刺すような言葉。

サッカー部らしい軽口だろうが、それでも嬉しい気持ちが顔に溢れてしまう。

医学生時代から、数えきれないほど聞かれてきた志望科。答えるたびに、「外科？本当に？」などと言われて、嫌な気持ちになってきたのだ。

私は、この言葉をずっと求めていたのかもしれない。

「ありがとうございます」

「お、笑顔になるんじゃん。じゃあ、ちょっと医局でコーヒーでも飲んで岩井さん来るの待ってるわ。ほら、大学時代からずっと直属の後輩だからさ、失礼があっちゃいかんから」

東凱はそう言うと、手を上げてナースステーションから出て行った。チャラい、が、嫌いな感じではない。これから指導してもらうのだ、しっかりと人間関係を作らなければ。

*

五月に入り、外科の業務にも慣れてきて、やっと点滴や内服薬のオーダーを電子カルテでできるようになってきた。毎朝六時に病棟に来て採血をして回り、担当患者全員のカルテを書いた。わからないことだらけではあったが、決まりごとを学ぶとすぐにメモし、入力できるようにしていった。

誰にも聞けない簡単そうなこと——たとえば看護師に鎮痛剤を出すように言われたときに何を何回分出すべきか——などは、なんでも東凱に尋ねた。岩井に、研修医の教育係に任命されたようで、東凱はかなり長い時間ナースステーションにいてくれたのだ。

その夜、玲は七回目の当直勤務に当たっていた。すっかり親しくなった東凱と二人での当直だ。研修医は基本的に上級医と一緒に当直をすることになっていたが、東凱とは初めてだった。

壁の古い時計は五時二五分を指していた。まるで武道の道着のようなスクラブという上下揃いの服、それも臙脂色のを着た玲は、同じく濃紺の上下スクラブ姿の東凱と救急外来にいた。

「つまり、ここのやり方は、まずカレーを頼んでおいて、それから救急外来でウォークインの患者を診つつ、救急車を受ければいいわけだな」

「別にカレーでなくてもいいみたいなんですが、先生方はみんなカレーを頼まれます」

「じゃあカレーにしよう。先生にお願いしてもいいかな？」

「はい、わかりました」

控室でメニューを見ながらＣｏＣｏ壱番屋に電話をし、注文してから救急外来の業務が始まった。１番ブースには東凱が入っているので、２番に入った。

「佐藤先生、今日も一緒だね」

ようやく顔を見知ってきた看護師のうち、今日はぱっちりとアイメイクをした矢内《やない》さんがついてくれている。前回、たしか四年目くらいと言っていた。見たところ洋風の顔立ちだが、浅草生まれの生粋の江戸っ子だという。

「よろしくぅ、めっちゃ患者さん来てるかんね」

矢内さんはちょっとギャルっぽい口調で言った。だいたい同じくらいの年齢だが、ベテラン感のある矢内さんがついてくれるのは本当に助かる。もっと素っ気ない看護師さんやベテランすぎる人だと、新人の自分にはキツいのだ。

「頑張ります、よろしくお願いします」

それから始まった診療は、二〇人ほどぶっ続けで行われた。

喉が痛い、棘《とげ》が刺さった、耳のピアスがとれない、蜂に刺された、逆さまつ毛が痛い、包丁で指を切った、風邪が治らない、かゆくてアレルギーが心配だ……多種多様な患者の訴えを一つずつ医学という白い箱に入れ、医学用語に変換していく。感冒、外傷、蜂《はち》刺症《ししょう》、睫毛内反症《しょうもうないはんしょう》……。医学用語に変換したあとは、薬や処置で解決していくのだ。

救急外来はおもしろい、と思う。いろいろな疾患が診察できてスキルが上がる実感があるし、なにより隠れた重症者を発見するのがおもしろいのだ。まるで探偵のような仕事だ。

一つ探偵と違うのは、間違えたり見落としたりすると人が死亡することだ。いや、探偵でも死ぬことはあるのかもしれないが、こんなに責任の重い仕事があるだろうか。

肩が凝り、目が乾いたが、医者になった幸せをひしひしと感じながら、患者を診察して行った。二人に一人は隣のブースで東凱に相談や質問をしつつ、ではあったが。

夜九時を過ぎ、待っているウォークイン患者がすべて帰り一段落した。と思ったら東凱が顔を出した。

「今のうち、メシ行くか」

「はい」

二人は狭い控室に入ると、ソファに腰をかけた。カレー弁当を開けて食べ始める。自分は5辛にしたので、ソースの色が東凱のカレーとはまるで違う。

「ここはけっこういろんな患者さんが来るんやな」

東凱は足を組み、その上に器用に弁当を置いて食べている。

「そうですか」

医学生時代の実習でしか救急外来を見たことがないから、比較ができない。

「うん。まあ都内っていっても下町だし、わりといろんな客層がいる。先生のほうには行かさんようにナースに言っといたけど、外国人もまあ多い」

それは知らなかった。たしかに、言葉が通じるかわからない患者さんが来たら、ますますどう対応したらいいかわからなかっただろう。

「病院によって患者はだいぶ変わるからな。先生は医局には入るの？」

「いえ、まだ考えていません」

「良し悪しだけどなあ、医局は」

それは、自分がずっと迷っていたテーマでもあった。

「先生は、医局に入っておられるのですよね」

「うん、そうだよ」

突っ込んで聞いても、この先生なら怒るようなことはないだろう。

「あの、自分は医局に入ろうかずっと悩んでいて……まだ一年目なので何言ってるんだって言われそうなんですが、どの先生にうかがっても先生によっておっしゃることがまちまちなのでわからなくて。いっそ、入局せずずっと牛ノ町《ここ》でやるのもいいなって思ってるんです」

こんなことを医局の人間に言っても、普通は否定されるに決まっている。だが、東凱なら違うかもしれない。

「それはね、」

東凱は机の上の「みんなのお茶」と書かれたペットボトルを開けて一口飲むと続けた。

「人によるんだと俺は思う」

——どういうことだろう。

「医局ってのは、たとえるならね、若手の外科医にとっては護送船団なんだ。みんな一緒に、同じ速度で進んでいく。だから飛び抜けるのは難しいけれど、代わりに落ちこぼれるリスクも少ない。そういう教育をするんだよ、外科の教室は」

護送船団。頭の中に浮かぶのは、映画か何かで見た、暗い靄《もや》のかかった海原を大小何隻もの船がゆっくりと進んでいくシーンだ。安心感はある。だが、新しさや速さはない気がする。

「先生は、どうして入局したのですか？」

「俺は単純だよ。部活の先輩の、それこそ岩井さんが外科入ってたから、お前も入れって話になって。特に拒否権はなかったな。まあ、そういう時代だった、ろくなもんじゃないよ」

そう言うわりには、楽しそうだ。

東凱の説明はわかりやすく、的を射ていると思った。まさに、飛び抜けるのは難しいが、落ちこぼれリスクは少ないのだろう。

「ま、迷うくらいなら入った方がいいと俺は思うけどね。ここで勉強したって悪くないけど、結局はイカヤクの医局から来てる先生から学んでるだけだからな」

あ、でも、と東凱は続けた。

「いろいろ差し引いても、岩井さんから教えてもらえるってのは熱いな。直接、しかもほぼ一対一だろ？　岩井さんはもうここの病院長いし、異動する気もないらしいから、じっくり何年か習うのはいいな。岩井さん、たぶん医局で一番上手いから、俺だって羨《うらや》ましい。しかもここは数、種類ともに手術が豊富にあるからな」

「そうなんですか？　知りませんでした」

「うん、しかも若い外科医もいないから、実はアタリ病院やな」

「なんですか、アタリ病院って」

「手術がたくさんあって、いい指導者がいる病院のこと。イカヤクの関連病院って二〇個くらいあってさ、だいたい都内と埼玉、栃木、神奈川なんだけど、もしかしたらここは一番いいかもな」

　学生時代に見学した四、五カ所のうち、駒込の実家から近く、一番外科の活気があったから選んだ牛ノ町病院。医学生の判断材料などその程度のものだが、どうやらここは駆け出し外科医にとって恵まれた環境のようだ。

「場所によってはパワハラ部長がいたり、ピンクだったり、手術が高度すぎて全然執刀させてもらえなかったり、ハズレもまあいろいろあるんよ。その中でも一番行きたくないのって、どういうところかわかるか？」

「いえ、わかりません」

「上の外科医同士の仲が悪いとこ。そうすると、若手は伝言板みたいにそいつら同士の連絡係やらされたり、間でどっちからも怒られたり、最後はお前どっち派なんだ、なんてしょうもないことになるんよ」

「そんなの、本当にあるんですね」

遠い国の話のようだ。カレーをかきこんでいると、東凱のＰＨＳが鳴った。

「はい、当直の東凱っす」

うん、うん、いいよ、と答える東凱の顔をまじまじと見る。話している間は、向かい合わせだったのでもろに目が合ってしまい、顔を見づらかったのだ。

中年の男性とは思えない肌艶《はだつや》で、太りすぎず痩せすぎず引き締まった顔だ。目元は優しげだが、ただ人当たりが良いというのではなく、荒波をたくさん乗り越えてきたゆえの優しさといった雰囲気がある。

「了解」

電話を切った東凱が笑顔で言った。

「来るよ、ちょっとした大物が。カレー食べ終わったら、救急外来のほう来てな」

大物。その言葉だけで喉が詰まりそうだ。急いで弁当をかきこむ。

「救急車、八分で到着するらしいから」

東凱は立ち上がると、弁当の殻をゴミ箱に投げ捨てて行ってしまった。急がねば。どうやら外科医修業は、早くご飯を食べるところからのようだ。辛いカレーを口にたくさん入れると、むせてしまった。

いや、早く食べなくても、これ以上食べないと判断すればいい。蓋を閉めると輪ゴムをかけてゴミ箱へ捨て、隣の救急外来へ急いだ。

「よお、早かったじゃん。救急車はまだだよ」

東凱は矢内看護師と話していたようだった。

「せんせぇ、マスクしなよ。口がカレー臭かったら患者さんびっくりして意識レベル改善しちゃうから」

言われたようにポケットからマスクを取り出し、つける。

「あっ、東凱先生は加齢臭のほうね」

「なんやって、まだそんな歳やないわ」

ここで働き始めたばかりの東凱だが、二人はすでに親しいようだ。

遠くから救急車のサイレンの音が聞こえてきた。

「患者は七五歳男性、ショックらしい」

ショック。

「ショックの原因は多岐にわたる。わかるな?」

「はい」

ショックとは、血圧が著しく下がり心拍数が上がっている状態だ。学生時代、ショックの原因となる疾患を一〇個くらい覚えたと記憶している。心筋梗塞と、脳梗塞、それに出血と……。

「まずは大量の点滴でバイタルを安定化させつつ原因を考えるんよ。七五歳男性だったらなんでもありうるけんね」

話しながら、救急外来の初療室と呼ばれる部屋に入る。八畳ほどの広さのこの部屋は、救急車で搬送されてきた患者が最初に入るところだ。気管内挿管をするための道具や一通りの薬剤、人工呼吸器に手術用の無影灯《むえいとう》まで備えられている。

真ん中には小さめのベッドが置かれている。血や吐物、便で汚れてもすぐ洗って次の患者を入れられるように、床はコンクリート敷きにしていると聞いた。

東凱が勢いよく救急外来の自動扉のボタンを押すと、冷気がさっと入ってきた。春とはいえ、まだ夜は寒い。サイレンの音が大きくなってきたかと思うと、ふっと途切れた。病院のすぐ近くまで来たしるしだ。次の瞬間、赤い回転灯とともに白い車体がこちらに向かってきた。

この瞬間が好きだ、と思う。暗闇の中、外で救急車を迎えるこの瞬間。医者になったな、と実感するからかもしれない。しかし感慨に浸っている時間はない。

停車した救急車の助手席からブルーの制服を着た救急隊員が飛び出す。隊員がバックドアを開け、ストレッチャーに乗せられた患者が滑り出てくる。もう一人の隊員と、ストレッチャーを運び入れる。同時に、運転していた中年の男性隊員が声を上げた。

「よろしくお願いします！」

パッと見て東凱が上級医であると判断したのだろう、東凱に話し始める。

「患者は七五歳男性、主訴は呼吸苦ですが……」

ストレッチャーと一緒に初療室に入ったのでそれ以上は聞こえない。患者は眉間《みけん》に皺を寄せ、苦しそうに喘《あえ》いでいる。嘔吐でもあったのか、口元が汚れている。微かに何かの臭いがする。タバコか？

「じゃあベッドに移るよ、イチニイサン！」

矢内の掛け声で、隊員二人とともにベッドへ移す。患者の反応はない。

男性の患者は、だいぶ細い。それも、ジムに定期的に行き食事に気をつけて、というタイプではなく、なにか病気でもあるような痩せ方だ。不健康そう、と言ってしまってもいいかもしれない。浅黒い肌の色が、さらにその印象を決定づけている。

「先生、服、切って！　あたしモニターつけるから」

こういう患者は初めてではない。これまでの当直で二人、心肺停止《CPA》の患者が運ばれてきた。患者をベッドに移したら大急ぎで服を脱がせ、あるいは切り、全裸にした状態で点滴や気管内挿管などを行うのだ。

自分の手の倍ほどの、昔おばあちゃんの家にあったような黒い柄の大きなハサミ。患者のセーターを切ると、じょきり、じょきりと音がする。急いで切って脱がせ、ズボンを引き抜く。

「血圧、70しかない！」

矢内が大きな声で叫んだとき、東凱が入ってきた。

「ん……なんだろな」

動じる様子のない東凱がいるだけで、場が落ち着いていくのがわかる。

「佐藤先生はルート取って、矢内さんは挿管の準備して」

そう指示を出して、自分は患者の頭の上側、人工呼吸器の前で腕組みをしたまま患者を睨みつけている。

——静脈路《ルート》を取らなければ。

「先生、レベル下がってきてるっぽいよ」

矢内が報告する声を聞きながら、赤いゴムチューブをだらりと脱力した左腕に巻く。痩せているせいか、幸い血管は浅いところにすぐ見つかった。アルコール綿で消毒し、一気に二二ゲージの針を刺す。かすかに手が震える。

「ルート、取れました」

「お、やるやん、大先生」

茶化しながらも、東凱は真剣な表情を崩さない。

「とりあえず全開で点滴行きな。原因がわからんなコレ……大動脈解離か、どこか大出血でもしてるか。ひとまず動脈から採血して心電図やろか。ずいぶん痩せてるな」

「はい」

注射器に針をつけると右手で持ち、左手は足の付け根の太い血管を探る。どこだ。一刻も早く見つけなければならない。

「先生、だめ、血圧めっちゃ下がってきた。ヤバいよ！」

矢内さんがヒステリックに叫ぶ。モニターの血圧は55／30と表示されていた。血圧が55？

「……落ち着け。大丈夫」

そう言うと、東凱はにっと笑った。そして、人工呼吸器に引っ掛けてあったちゃちなピンクの聴診器を手に取り、おもむろに患者の胸に当てた。息を呑んでその一連の動きに見入る。自分の手が止まっていることに気づき、慌ててまた血管探しを始める。

「矢内さん、胸腔《チェスト》ドレーンここあったっけ？」

「……え？」

矢内は一瞬、何を言っているかわからない、という顔をした。

「トロッカーよ、トロッカー」

「……あった！　太さは？」

棚の引き出しを開けながら矢内が言う。

「なんでもいいよ、イソジンもボトルのままでいいからもらえる？」

矢内が手渡したボトルから、東凱はそのままイソジンを患者の胸にぶっかける。茶褐色の液体が床まで飛び散った。まさか、これが消毒、ということだろうか。

「ごめん、メスだけちょうだい」

矢内は予測していたようで、棚から取り出してすぐに東凱に手渡した。なぜメスで切るのか、わからない。

「ごめんなさいね！」

東凱は患者に声をかけると、乳頭より少し上の皮膚にメスを入れた。患者の手足が動く。痛みには反応している。東凱はそのまま四〇センチほどの槍のような透明のチューブを胸に差し込んだ。

次の瞬間、プシューという空気漏れのような音が響き渡る。

「これだ!」

東凱は右手を握って高く上げた。玲がよくわからないという顔をしていたからか、説明してくれた。

「緊張性気胸だよ、だから緊急脱気をした」

――緊張性気胸。

そうだった。血圧が下がるショックの原因として、この疾患をまったく思い起こせなかった。胸腔という密閉された部屋の中にある風船状の肺が、なにかしらの原因で破れて空気が漏れ出て、同じ部屋の中にある心臓が圧迫されてうまく機能しなくなってしまう。急いで空気を抜かなければ、いずれ心臓が止まってしまう。

「みるみる血圧が上がってくるから、見てな」

そう言うと同時に、患者の腕に巻かれた血圧計が低い音を立てて膨らみ始めた。

「すごい! 本当に上がったじゃん! 先生、やるね!」

血圧は80/45と示されている。だろ、と言いながら東凱はチューブを接続している。

あっけに取られ、東凱の顔を見る。いつもの優しげな目元のままだ。

――なぜ、この患者が緊張性気胸とわかったんだろう。

「じゃ、あとは皮膚固定《ナート》したら終わりだ、レントゲン呼んでね」

＊

患者が集中治療室に入り落ち着くと、東凱と玲の二人はふたたび救急外来へと戻った。

あのあとすぐに患者の血圧は安定し、意識も戻ったのだった。

「もうこんな時間か」

壁の時計に目をやると、一一時三〇分過ぎを示していた。見渡しても矢内はいない。

患者が途切れ、休憩しているのかもしれない。何人かいたほかの看護師も姿が見えなかった。

東凱が電子カルテのパソコンが置かれたデスクの椅子に座ったので、隣に腰掛ける。

「さて、落ち着いたところで振り返りをしようか」

振り返り、という言葉は初めて聞いた。いつも東凱はこうして若手を教育しているんだろうか。

「はい」

「緊張性気胸、見たことはある？」

「いえ、ありません」

「そうだよな、一年生だもんな」

その言葉は引っかかる。だけど、事実だからしょうがない。それに、東凱の声色からは、バカにしているのではなく、しっかり面倒を見ようという気持ちが感じ取れた。

「ショック、という医学用語。まずはこれをしっかり理解しないとな。学生のときに教科書で見たと思うんだけど、医者になったらちょっと違う捉え方をする。いま、ショックはどういうふうに理解してる？」

「学生のとき学んだのは……さまざまな原因により体をめぐる血液の量が減り、結果として血圧が下がる、ということだったと思います」

「血液の量が減る」

東凱は繰り返した。

「ま、悪くない。でも臨床現場ではな、減らなくても血圧が下がるからな。今日だってそうだろう、あの人はなにか出血したわけじゃない」

——そう言えばそうだ。

「医者は、まず血液量が足りないか、血液を送るポンプである心臓がダメか、と考える。救急では、人間を単純化する」

わかる？　と急に問われ、戸惑う。

「単純化、ですか？」

「うん。極論すれば、人間ってのは脳ミソと心臓、そして血液なんだ」

これまでの自分の考え方とまるで違う。

「最優先は脳だ。ここに酸素を送り続けなきゃならない。酸素を送るってのは、要は血液だ。血液には赤血球っていう酸素を載せたトラックがあるからな」

頷くと、東凱は続けた。

「血液を脳に運ぶには、心臓が動いていなきゃならない。心臓は、酸素を使い切った古い血液を脳から回収し、肺から来た新しい血液を脳に送る、二つのことを同時にするポンプだよな。だから心臓が止まってたら心臓マッサージをして無理やり動かすんだ」

東凱は足を組み、話し続ける。

なんてわかりやすいのだろう。この人の話をもっと聞きたい。

「だから、脳に血液を送るために、心臓を頑張らせつつ血液を増やさないといけない。心臓は、血液が減ると止まっちまうワガママな臓器だ。だから、まず大量に点滴をして血液を増やすところから始める」

説得力がある、今日もそういう流れで治療を行った。東凱は続けた。

「医者はな、治療と思考を同時にするんだ。一分じゃない、一秒が目の前の患者を生かしも殺しもする」

東凱はそう言うと、眉間に皺を寄せた。過去に苦い経験があるのだろうか。

「たくさん点滴をしてすぐに血圧が上がれば、ひと安心だ。そこからいろいろ検査などしてゆっくり考えられる。でも、点滴で血圧が上がらなかったら、ポンプがダメってことだ。その判断はすぐにつく」

なるほど……と言葉が漏れる。

「心臓がダメな理由は、心筋梗塞か心タンポナーデ、大動脈瘤の破裂、大動脈解離か、あとは緊張性気胸くらいのもんだ。ほかにも心筋炎などがあるが、まあこれは助けるのが難しい。心筋梗塞は心電図と心エコー、採血が必要だろ。これは時間がかかる。だから一〇秒で判断できることからやったんだよ」

もうわかるよな、という顔で東凱は歯を見せて笑った。

――そうか。

つまり東凱はあの患者に点滴を大量に入れたが血圧が上がってこないのを見て、心臓が原因だろうと疑った。そのとき急激に血圧が下がってきたので、一番簡単かつスピーディーにできる検査、つまり聴診器による胸の聴診を行ったのだ。

理解した瞬間、全身の毛穴が閉じた気がした。なんという医者なのだ。

「でも先生、聴診だけで気胸はわかるんでしょうか？」

しかもあんなチャチな、おもちゃに毛が生えたような聴診器だ。学生のときに二万円で購入した聴診器のほうが、はるかによく聞こえるだろう。

さらに東凱は、聴診だけで肺が萎《しぼ》んでいる気胸と診断し、メスで切って管を入れた。万が一、気胸ではなかったら、聴き間違いがあったら、管の尖った先端が肺に突き刺さって、結果、気胸になってしまうのではないか。

「うん、いい質問だ」

まるで、高校の英語教師のような言い振りだが、偉そうな嫌な感じはしない。

「たしかに、聴診だけで気胸を診断するのは危険だ。理想的には何の検査が必要か、わかる？」

「レントゲン、でしょうか」

「その通り。さっきも言ったように、今回はそういう時間的余裕がなかったので、聴診だけで判断した。まぁこういうのがいわゆる熟練の技ってやつだよ。救急の現場でけっこう長く働いてきたから、こういう芸当が身についた。どうやったらできるようになるかわかる？」

「……気胸の患者の聴診をたくさんすることでしょうか?」

「それも大切だけど、一番大切なことは、異常ではない人、つまり正常な人の聴診をどれだけやったかに尽きる」

心底、意外だった。

「正常な聴診音を耳にタコができるほど聴く。すると、わずかな異常音も聞こえるようになるんだよ。この考え方は、手術にも応用できる。とても大事なものだ」

途中で、背の高い若い救急外来看護師が脇を通り過ぎていったが、まるで気にならない。玲は東凱のレクチャーに夢中になっていた。

「ちょうどいいから、外科のレクチャーもちょっとしてあげよう」

興が乗ってきたようで、東凱は身を乗り出して両手を動かしながら続ける。

「人間の体の中というのは、誰もほとんどが似たような作りになっている。わずかなところで、血管の分かれ方が違っていたり、くっついているところがくっついていなかったり、ここにあるべきものが二センチ上にあったりする。そういうのを破格《はかく》と呼ぶ。バリエーションと言ったほうがわかりいいかな」

医学生のときには、まったく聞いたことのない話だ。

「バリエーションは、手術の前にCTやMRIのような検査の画像でわかることがほとんどだ。外科医は、正常な構造を完璧に暗記しつつ、個々の患者さんの検査結果を手術直前に見返して、『いつもとここが違う、いつもと同じ』というふうに把握する。そして頭の中で立体的な地図を完成させる。外科医の仕事というのは、その世界に、小さな体になって入り込んで、宝探しをしていくようなものなんだよ」

これまで、多くの手術を見学してきた。学生時代に五〇件はした。研修医になってからはもっと近くで、つまり助手の立場でやはり五〇件は入った。

その長い時間、ずっと不思議に思っていたのだ。なぜ岩井は、黄色い脂肪に埋もれた動脈や静脈、尿管などを傷つけることなくすぐに発見できるのだろうかと。その謎が、東凱の説明でみるみる氷解していく。

「まぁ、まだこんな話は早かったかな。あんまり長くなってもパンクしちゃうから、これぐらいにしておこう」

――いやだ、もっと聞きたい。ずっと聞いていたい。どれほど素敵なのだ、この医者は。

いま決まった。私は、東凱のような外科医になる。どんな危機的状況でも動じず、鮮やかに患者の命を救い、聞き惚れる説明を後輩にする。

「はい」

玲はすべての言葉を飲み込んで頷いた。

東凱のPHSが鳴る。まるで見ていたかのような、いいタイミングだ。

「……はい、はい、はい。了解」

電話を切った東凱は、こちらを振り返った。

「さ、次の重症患者が来るぜ。またさっと治して、レクチャーだ」

東凱は勢いよく立ち上がった。歩き始めた東凱に、玲は慌てて付いていった。

Part 3　プロポーズ

久しぶりの呼び出しなしの日曜《コールフリー》に、玲は家にいた。

マンションの三階にあるこの部屋にも、秋晴れの気持ちよい日差しが入ってくる。窓を開け、掃除と溜まった洗濯を午前中に済ませ、ソファに腰掛けた。誰かの結婚式の引き出物でもらった青い琉球ガラスのコップにペットボトルの紅茶を注ぎ、口をつける。

こんな心落ち着いた休日はいつぶりだろうか。

天板がガラス製のテーブルに置かれた、唯一の趣味といってもいい雑誌「VOGUE」を手に取りパラパラとめくる。休日コーデ、香水の選び方、秋風モード。それら編集部が作ったコンテンツよりも、玲は合間のブランドの広告が好きだった。

プラダ、グッチ、クロエ、セリーヌ、ボッテガ・ヴェネタ、コーチ、バーバリー、ロエベ、ジミー チュウ……無数のハイブランドで着飾ったモデルが、不敵な笑みを浮かべてこちらを見ている。

世の中はこうも広く、これほどたくさんの女性がいて、その数だけいろんな生き方がある。自分だって彼女たちと同じように、自由に生きていい。そんな大袈裟なことをつい考えてしまう。モデルの人生が自由かどうかなどわからないというのにだ。

この雑誌をやめずにずっと定期購読しているのは、ただ見ていて華やかで楽しいというだけでなく、自分にも外科医の枠を越えた生活があるかもしれない、もっと言えば外科医以外の生き方だってあるということを、定期的に確かめたいからなのかもしれない。

ページをめくっていくと、「彼氏の実家にお邪魔するコーデ」というスナップがあった。彼氏という字を見て思う。いま、私に彼氏はいるのだろうか。

医学部生時代から一〇年もの間付き合った渋谷春海は、私が一緒に行くのを断ってからすぐ渡米した。

向こうから一通だけ絵葉書が来て、「なんとか暮らしています」と書いてあった。裏には雪景色の街並みとともに、右下に小さい星条旗がそえられていた。受け取ってすぐ、無印良品のゴミ箱に入れた。返事をするつもりはない。

渋谷は、いわゆるハイスペック男子だった。東大を出て東大の大学院で研究をする天文学者で、父親はやはり東大を出た外交官、母親は品の良い貴婦人のような人だった。

おまけに身長だって一八〇センチを超えていた。顔も、とんでもない男前とは言わないが、そこそこいい線を行っていたと思う。

　ああいう男は、従順で仕事をしない、家庭に入る女性を選ぶのだろうか。もっとも、彼の好みのタイプはそういう女性ではない。付き合い始めたころ、恵比寿でフレンチを食べながら、「僕は、自分というものを持ち、精神的に自立して、きっちり働いている女性が好きだな」と言っていた。その後この部屋に来て、腕枕をしながら「だから君が好きなんだ」と囁《ささや》いた。あれは本心だったのだろうか。

　紅茶を一口舐める。ほんのりとした苦みが口に広がり、レモンの香りが鼻をくすぐる。

——猫でも飼おうか。

　一人暮らしの女医、それも外科医が猫を飼うなど、殺人行為、いや殺猫行為だ。餌もロクに与えられず、かまってやることもできない。自分の世話だって満足にできないのに、ペットの飼育など無理だ。

　でも、猫がいたら癒されるだろうなと思う。ふわふわの白い毛を撫でてやると、玲の膝の上で何時間も昼寝をする。そのうち自分もうたた寝をしてしまって、ふと気づくと日が傾いている。そろそろ起きてご飯にしようっか。私は何を食べようかな。

　そんな暮らしが、いつかはできるのだろうか。外科医をやっていたら一生できないのはわかっている。では、自分は外科医を一生やるのだろうか。

「このまま外科のお医者さんを続けたって、結婚生活も、そのあとのことだってできないと思うんだけど、どうかな」

渋谷の声がこだまする。

なんて余計なことを言うのだ。しかも的を射ているから、さらにタチが悪い。まだ外科医として一人前になっていないうちに、そんなことを考える必要はない。でも、いつまでも考えないわけにもいかない。私はもう三三歳だ。

中高時代の友達は半分以上が結婚し、そのほとんどは出産をしている。一番仲の良かった鯉江鷹子も、子育てをしながら産婦人科医をしている。焦る気持ちがないわけではない。

それでも、産休？　育休？　外科医として一人前にならなければ、中断なんてとても考えられない。やりたい人が、やれることをやればいいのだ。私は手術を、彼女たちは子育てを。そうして社会は、世界は前に進んでいくのではないか。

そう思いつつ、自分は勝手なのか、という思いもないわけではない。

女性に生まれ、生殖可能、出産可能な体に生まれた自分がそれを果たさないのは、義務を放棄していることになるのだろうか。

産みたくても産めない人がたくさんいることは、医学部で学んだ知識以上に、鷹子からずいぶん聞いた。彼女いわく、「都内で三五歳過ぎたら全員不妊治療してるよ」とのことだった。自分はいま三三歳だから、あと二年で「全員不妊治療」になるのだろうか。だったら早めに産んでおくという選択肢もありなのか。

そこで、問いは振り出しに戻る。はたして、いま私には彼氏がいるのだろうか。

結局、その辺りをはっきりさせないまま、渋谷は海の向こうへ行ってしまった。出発するときに渋谷のメールにはこうあった。

「二年したら僕は帰ってくる。もしできることなら、待っていて欲しい」

なんと勝手な男なのか、と思う。でも、渋谷との一〇年の月日を思うと、いまから別の人と新しい恋を始め、それを少しずつ育んでいくのも考えられない。渋谷に気持ちが残っていないわけでもない。

あのメールは、こう続いていた。

「そして、そのときまたプロポーズさせて欲しい」

それほど私と結婚したいのなら、渡米をやめて日本にいればよかったではないか。アメリカには行きたい、でも私とも結婚したい、だから私のキャリアは諦めてくれ。彼が言っているのは、つまりはそういうことだ。

——勝手。傲慢。

思い出したら無性に腹が立ってきた。

それでも、彼の魅力がすべて消えてなくなるわけではない。私はまだ、渋谷のことが好きなのだろうか。

紅茶をもう一口飲むと、立ち上がった。こんなに気持ちがいい日なのだ、マンションの目の前の不忍池《しのばずのいけ》でも散歩しよう。

玲は細身のデニムジャケットを手に取ると、部屋を出た。

晴れた日だからか、上野の街は人出が多かった。不忍池をぐるりと一周してスマートフォンを見ると、一一時半だった。食欲はないが、珍しくゆっくり昼食が食べられる。

上野駅前にはあらゆるレストランがある。カフェ、イタリアン、スペイン料理、海鮮ものの定食屋、インドカレー屋……。

何を食べてもいいが、ここのところ当直やら呼び出しやらでCoCo壱番屋のカレーばかり食べている。そのせいか、少し二の腕がたるんできたような気がする。

そういえば先月の「VOGUE」に意外な筋トレ食として鰻が挙げられていた。タンパク質が多く、糖質が少ないから、ダイエットにも向いているらしい。

女子ひとり飯にしては少々渋いが、鰻にしよう。少し歩くと、すぐ「うなぎ」の看板が目についた。

それほど広くない店内で案内された席の、一つ空けた右隣には高齢の男がいた。白髪と髭が伸び切った汚い服装の男性がひとり、ぺちゃぺちゃ音を立てて蒲焼きを食べながら日本酒を呷《あお》っている。カバンの代わりなのか、足元にはビニール袋が置かれ、その隣にはスーパーで売っているようないくつかの刺身のパックが床に直に置かれていた。

わけがわからない。路上生活者とまではいかないが、汚い身なりだ。独居で認知症かなにかあるのだろうか。

左のテーブル席にいる中国人と思われる観光客のカップルも、心配そうにその男をちらちら見ている。

出よう、と思ったところでお茶を持ってきた店員の中年女性が「いかがなさいますか」と大声で尋ねてきた。気圧《けお》されてつい「鰻重、松をください」と言ってしまった。

店員が去り、待っている間も、ずっとぺちゃぺちゃ音が聞こえてくる。

どうにも我慢がならず、イヤホンをつけてノイズキャンセリング機能をオンにし、スマホで「90年代Ｊ－ＰＯＰ」を選択した。すぐにミスチルが流れてきた。昔、父がよく家で聴いていた曲だ。

鰻重はすぐに運ばれてきた。すぐに？

鰻屋で、普通、鰻がすぐに運ばれてくることはない。注文を受けてから焼き始めたら、最低でも二〇分はかかるはずだ。早すぎる。五〇〇〇円もするのに、まさかチルドの蒲焼きなんだろうか。

そっと箸の先端を入れると、すぐに身がほろほろと崩れる。やはりチルドかもしれない。口に入れると、それでも鰻の旨みが感じられる。タレの味がよいのだろうか。鰻なんて年に一度か二度食べるだけで、食べ慣れていないので、真贋はわからない。

イヤホンからは、いつの間にか次の曲が流れており、誰も知らない世界で二人で過ごそうと歌っている。

誰も知らない世界。アメリカ。渋谷は私と誰も知らない世界で過ごしたかったのだろうか。行ったらどうなっていたのだろう。私は仕事を辞め、毎日彼の帰りを待つ日々。家事を終えたら一日もうやることはない。

そのうち子どもでもできたら一時帰国して日本で出産、そのまま医者へ復帰せずに、ママロードを突っ走っていくのだろうか。

子どもの手が離れる年になったら、医師免許さえあれば誰でもできる検診バイトでもして小金を稼ぐんだろうか。一日五〇人の聴診をして、耳を聴診器で痛めて。

たまたま流れてきた歌詞と自分の身の上を繋げるのも馬鹿らしいのだが、そういう生き方だってある。

どちらが正しいのだろう。鷹子にそう尋ねたら、きっと「一般論は産みなさい、でしょ。でもあんたは外科医やりなさいよ」なんて言いそうだ。自分は家庭に入ることなんてできない。想像しただけで、正直、ゾッとする。

いつのまにか食べ終わった隣の男のもとに、中年女性の店員が来ていた。

「カードにしますか、現金にしますか」

「そんなのわからないよ！　財布を見てくれ」

男はビニール製の古い財布を店員に渡していた。

「はい……カードをお持ちのようですね、ではカードにいたします」

わけのわからないやりとりをしている。男性はビニール袋に刺身のパックをしまうと、立ち上がろうとした。だが足腰に力が入らないようで、うまく立ち上がれない。酔ったのか、もともとそのくらいの筋力なのか。

ここで転倒して頭でも打たれたらかなわない。自分が出ていかねばならないからだ。救急車も呼ぶことになるだろう。月に一度のせっかくの休日に、それは勘弁して欲しい。転ばないで、と祈るような気持ちで凝視していた。店員もまわりで見守るだけで手を貸すつもりはないようだ。男は、だいぶ頼りなげに、テーブルに手をついてなんとか立ち上がると、ふらふらと歩き出した。酒も回っているのだろう。出口のレジのところでまた店員となにか話している。

もう一度、テーブルの上のお重に入れられた鰻をまじまじと見つめた。茶褐色の表面がタレでテラテラと光ってはいるが、よく見ると蛇《へび》を切り開いただけのような形をしていた。さらに食欲がなくなってきたが、せっかく頼んだのだからもったいないと口に入れた。見た目より、味は美味しかった。

味のついたご飯をほとんど残し、お重に蓋をすると玲は席を立ち上がった。

＊

「では次の症例をお願いします」

月曜の朝、真っ暗な会議室の前に掲げられたスクリーンに映し出されているのは、東凱のCT画像だ。

「よろしくお願いします」

司会の岩井をちらと見てから、発表《プレゼン》を始める。

「症例は四五歳男性、直腸癌肺転移の患者です」

　室内の空気が一変したのが伝わる。みな知っているのだ、この患者が誰かということを。

「二年前に発症した直腸癌、肺転移の方です。直腸は腹腔鏡下低位前方切除術《ラパローアンテ》を施行し、その後化学療法《ケモ》を行いました。レジメンはFOLFOXIRI《フォルフォキシリ》＋Bev《ベバ》で、合計八コース行ったのち、維持療法としてFOLFIRI《フォルフィリ》を計四コース行いました」

　もちろんここにいる外科医たちはおおむね把握しているのだが、これからの議論のために詳細をまとめているのだ。静かな会議室に、空調のファンの音だけが響いている。

「その後、肺転移は縮小したため転移巣の切除を行いました。合計六カ所です」

　肺の手術後のＣＴ画像を提示した。

「手術後は患者の希望があったため化学療法を行わず経過観察していましたが、その後肝転移再発」

　今度は新しい肝臓のＣＴを出した。グレー色の肝臓に、いびつな形の黒い丸が三つ現れている。

「合計三カ所の肝転移《メタ》です。こちらにつき、切除か化学療法か、現在検討しているところです」

そこで岩井が口をはさんだ。

「この患者、東凱先生なんですが、なかなか頑張ってまして、肺メタを取れたんですが今度は肝臓に出てきちゃって。基本的には本人と相談で、ちょっとケモやってそれで新しく出てこなかったら取ろうかと思いますが、それでよろしいですか」

誰も何も言わない。

外科医は簡単に「取る」と言う。手術で切除するという意味だ。

二週間以上も入院し、全身麻酔をかけて皮膚を切り、体の中の悪いところを切る。たいへんな時間とコスト、そして痛みと死亡するリスクをかけて行う一連のことを、「取る」の一言でまとめるのには、医師九年目となったいまも少し違和感が残る。背筋を伸ばして前の席に座っている雨野も同じだろう。

岩井の言葉に意見する者はいなかった。なにせ患者本人がこの疾患の専門家なのである。治療効果も副作用も知り尽くした本人が決めるのが一番であろう。

会議が終わったあと、岩井が声をかけてきた。

「佐藤」

「なんでしょう」

「東凱、今回の肝メタでだいぶ参ってる。ちょっと話聞いてやってくれ」

「わかりました」

またた。岩井は二年前もこうやって私に押し付けた。

「参ってる」患者の心を、私がどうにかできると思っているのだろうか。カウンセラーでも精神科医でもない私に、できることがあるのだろうか。わからない。

でも、病室に行って話をすることならできる。東凱は検査のためにちょうど昨日から入院していた。今日退院だから、このまま顔を出してみようか。幸い今日の朝からの手術は岩井と雨野の二人でやる人工肛門閉鎖術だから、自分は入らない。時間はある。

病棟へ行くと、ナースステーションでは何人かの看護師がパソコンのモニターを睨みつけて、情報を収集していた。

一瞬カルテを見ようかと思ったが、そのまま病室へと足を向けた。こういうのは、一度ためらってしまうとダメだからだ。

「失礼します」

東凱の個室の扉をノックすると、中から「はーい」と聞こえた。

部屋に入ると、東凱はすでに着替えたあとで荷物をまとめていた。濃い色のデニムのパンツに白いボタンダウンシャツという姿だ。

「おお、先生か」

「朝からすいません」

「聞いたよ、昨日。肝メタやって?」

「はい」

いきなり本題に入るのは、予想していた。

「でも、まあしゃあないわ。せっかく肺メタが取れたってのになあ」

にっと笑う。岩井が言うほど落ち込んでいるようには見えない。岩井は自分の罪悪感を軽減するために私をここに寄越したのではないか、などと疑ってしまう。

「そうですね」

無駄足だったか。検査結果は昨夜のうちに岩井から伝えられていると聞いている。今日はもう退院するだけだ。

「先生はどう思っとる?」

「え?」

「俺のこと。ケモか、オペか」

これはまた、教育的な問いかけだろうか。それとも……。

「どうでしょう、エビデンスはあまりない段階なので、ケモをちょっとやってすぐに肝転移の個数が増えないのであれば、オペに行くというのは」

「なるほど、いまオペしてもその後1カ月でたくさん再発しちゃったら、意味がないけんね」

「はい」

どうやら本当に意見を求めているようだ。東凱は右手で髭を触りながらしばらく考えた。

「先生なら、どうする？　先生がもし俺の立場やったら」

そう言ってこちらを見つめる瞳は漆黒で、見ていると飲み込まれてしまいそうだ。

「私なら」

少し目を逸らしてから続けた。

「私なら、早く切って欲しいです。いま切らないと、もしケモをしたあとに増えちゃったら切るタイミングを失うと思うので」

「ほう、そう来たか。タイミング失っちゃいかんか？」

「はい。もしいま手術で肝転移を全部取ってしまえば、一時的にですが、体の中に癌はいなくなります」

「まあ、肉眼的なレベルではね」

「はい、肉眼的なレベルで」

大きな腫瘍を手術で切除しても、細胞レベルでは血液の中に癌があることはすでに証明されている。遠隔転移をしているいまの東凱の大腸癌の状況であれば、手術をしても、間違いなく癌細胞は残るだろう。お互いそれがわかったうえでの会話だった。

——それにしてもなんてまつ毛が長いのだろう。それで目が余計に黒く見えるのか……。

こんなときに私はなにを考えているんだ。玲は慌てて気持ちを引き戻した。

「まあそれも一理あるな。オーエスはどうやろか?」

オーエスとは、全生存期間を意味するオーバーオールサバイバルの略だ。

「オーエス……はもしかしたらケモ先行のほうが良くなるかもしれません。いや、変わらないかな」

「せやね。たぶんあんま変わらんね」

玲は急に不思議な気持ちになった。いま自分は、目の前にいる男と、その男の「あとどれくらい生きるか」を話している。

普段、患者に予後の予測を伝えることはあるが、これほど細かい議論をすることはまずない。

「だとしたら、主治医殿の意見ももっともやな。チャンスに賭けてみるか」

「でも、肝切除の合併症の可能性も考える必要があると思います」

「たしかにね」

また東凱は黙る。視線は宙をさまよっている。頭の中で自分の肝臓を想像し、その中に巣くう腫瘍をどう切り取るか考えているのだろう。

「まあ、三カ所の部分切除で行けるんかな。俺あんまり肝臓切らんけんようわからんけど、ラパで行けるかね」

「すみません、私もわかりませんが、たぶんウチの肝臓の先生ならラパで三カ所行くと思います」

「開腹せんなら楽やね」

どうやら手術を受けるほうへと傾いているようだった。私がそう言ったからだろうか。それは重い。

「いずれにしても、よくお考えになっては」

つまらない予防線を張ってしまった。

東凱はニヤリと笑うと、

「大丈夫だよ、うまくいかなかったら佐藤先生のせいにするけん」

と続けた。すべてお見通しだ。

東凱の部屋を出ると、心拍数がだいぶ上がっていることに気づいた。胸の壁を心臓が叩く。歩きながら鼻で深呼吸をするのを繰り返す。

ナースステーションには、パソコンのキーボードを叩く雨野がいた。

「よ、雨野」

用事もないのに話しかけてみる。

「先生、ちょうどいいところに。ちょっとご相談なのですが……」

変わらずマイペースなのがこの若手外科医のいいところではある。「相談したいのは私のほうなんだけど」という言葉を飲み込んだ。

「どれどれ」

「昨日来た胆嚢炎の患者さんのCTなんですが……」

＊

その週の日曜日、玲は久しぶりに実家へと向かっていた。母親から「あなた宛に大学の同窓会から郵便物が来ているから取りに来たら」と連絡があったのだ。

それは母の口実で、たまには顔を出しなさいということでもあった。郵便物を渡すだけなら、転送すればすむ。

今日は岩井が朝から明日の朝まで日当直《にっとうちょく》という勤務なので、そうそう呼ばれることはない。緊急手術であっても、大したことのない症例、虫垂炎や胆嚢炎なら雨野を呼んで二人でやるだろう。

とはいえ、重症患者が来たらすぐに行ける態勢でいたい。だから、自宅から近いとはいえ駒込の実家に帰るのも本当は気が乗らない。

築三〇年のわりに綺麗にしてあるマンションのエントランスを出ると、柔らかな日差しが目に眩《まぶ》しい。気持ちのいい季節だ。風もほとんどない。

目の前の不忍通り沿いに植えられた木は、一部の葉がもうオレンジや黄色になっていて、向こうには不忍池のほとりのベンチに座っている人が見える。ランニングをしている人もいた。

実家まで、タクシーに乗ってしまえば一五分あまりだ。でもこんな日には歩かなければもったいない。地面を蹴って上野駅に向かって歩き出す。

駅の人混みをすり抜け、車体に黄緑のラインの入った山手線に乗り込む。家族連れやカップルが多い。サラリーマンはほとんど見ない。着てきたベージュのトレンチコートは地味すぎたかもしれない。せっかく病院でないところに行くのだから、明るい色でもよかった。

でも、いつ呼び出しがあるかわからない。もし呼ばれて、大急ぎで病院に到着したとき、スタッフや患者の家族に「行楽に出かけていた、浮かれた女医」と見られたら困る。そう思って、朝選んだのだった。

「次は駒込、駒込」

このアナウンスをしている駅員も日曜日に働いている。そう思うと、自分が休んでいるのが申し訳ないような気持ちになる。たまの休みだ、きちんとリフレッシュするのも仕事のうちだと、自分に言い聞かせる。

駒込駅で降り、改札へ。北口を出て、線路と民家のあいだの狭い道を歩く。この辺りは、小さい頃からまるで変わらない。変わったのは電車の車体の色くらいだ。

右に折れ、やはりそれほど広くはない染井通りという通りを歩く。ソメイヨシノはもともとこの地、染井の発祥であったらしい。

一方通行の道路の両側は、それでもけっこうな人通りがある。右手に「さとう寿司」の古い看板を見る。小さい頃からなにかお祝いごとがあると家族三人で来ていた寿司屋だ。最後に私がのれんをくぐったのは、医師国家試験の合格祝いだっただろうか。両親はたまに来ていると聞いているが、ずいぶんご無沙汰している。左側のゴルフ練習場を過ぎると、実家のマンションがある。

通りから少し奥まったところにあり、夏には生い茂った桜やポプラの木が建物を隠すように建てられたこのマンション。引っ越してきたのは私が六歳の頃だ。一八歳で家を出るまで、物心がついてからの一二年をここで過ごしたので、自分にはこの街の記憶しかない。いまの季節には、桜もポプラも葉を落としていて、あまり格好がよくない。

エントランスを入り、心なしか広すぎるエレベーターで二階のボタンを押す。

「ただいま」

この扉の前に来るたびに、前回そう言ったのはいつだっただろうか、と思う。去年の年末、三一日は当直だったから元日か、その翌日に数時間だけ顔を出しにきたかもしれない。

「おかえりなさい」

扉を開けて出迎えたのは母、薫子《かおるこ》だ。玄関にはバレンチノのスリッパが揃えられ、下駄箱の上には上野の美術館で買ったモネの「睡蓮」の高精細コピーが仰々しい額に入ってかけられている。スリッパと絵は定期的に入れ替わるが、いつまでも変わらないのは、この実家のにおいだ。

なんとも言えない、ちょっとすえたようなにおい。臭いわけではないが、いい匂いというわけでもない。柔軟剤でもなく香水でもない、長年住む人が醸す独特なにおい。

このにおいを嗅ぐと、ここに住んでいた頃にあったことを一瞬にして思い出す。勉強しすぎてめまいがした高校生の頃。弓道に熱中した中学生の頃。そして近所の仲のいい友達と喧嘩をしてしょんぼり帰ってきた小学生の冬の日。

「早かったじゃない」

「そう? 今日は仕事がなかったから」

「あら、珍しいわね」

シックなダークブラウンで統一された玄関から見て左は、かつて自分の部屋だったスペースに向かう扉だ。正面の扉は両親の寝室だった。右手に歩き、扉を開けてリビングに入ると、父がいた。

「よう、久しぶり」

まるで大学の同級生のような口調で、クレジットカード会社から定期的に送られてくる雑誌を手に、ソファに腰掛ける父が言う。無精髭なのかわざと蓄えているのか、もみあげから顎、頬にかけて短い髭が顔の下全体を覆っている。

一二畳ほどの部屋の広さのわりに大き過ぎるテレビは、昨年父が奮発して買った有機ELのものだ。三〇万円以上したと言っていただけあって、ただのマラソン中継であっても、映像が美しい。

父は外科医だった。いや、正確にはいまも外科医と言うべきか。牛ノ町病院より少し規模の小さい、たしか四〇〇床程度の東京医聖会《いせい》病院で副院長をやっている。長年そこで外科医として働いており、いまも週に三日は外来、残りの二日は手術日にしているのだ。

まったく、六二歳にもなってまだ手術をしているとは。なかなか腹も出てきたのだが、痩せているよりはよほど健康的に見える。

「ただいま」

カバンを床に置くと、リビングの椅子に腰掛けた。

「どうだ、オペは」

「まあまあ、腹腔鏡《ラパ》が多いけど」

「大腸《コロン》とか胃《マーゲン》もラパか？」

「うん、そうよ」

母がお茶を持ってやってくる。こげ茶色の、なんとかという珍しい材質のテーブルの中央には花瓶が置かれ、一本の黄色いチューリップのまわりにかすみ草が添えられている。

「そうだよなあ。いまの時代、ラパでやんなきゃなあ、うちも」

「いまでも開腹？」

「そうなんだよ、お前今度教えに来てくれ」

「無理よ、まだそんなレベルじゃないし」

内容がよくわからないのだろう、母は笑みを浮かべながら話を変えるタイミングを狙っている。

母は医療とは関係のない商社で秘書をしていた。母の父は医者だったそうだ。鎌倉で生まれ育ったお嬢様で、女子大を卒業後は数年どこかの会社の役員秘書をやっていた。そのとき、お見合いで父と出会い、結婚したのだ。

高校生の頃は、この母にずいぶんと反発したものだ。ロクに働いていない、学もキャリアもない専業主婦。自分は間違ってもそうなるものかと思っていたのだ。

通った中高一貫の女子校の教育方針は「自立せよ」だった。そんな確固たるメッセージを掲げておきながら、どうやったら自立できるのかについては、教師たちはほぼまったくと言っていいほど、具体的な話をしてくれなかった。

一つだけ覚えているのは、たしか高校一年生のときの副担任だ。三〇代前半だった理科の教師が離婚して苗字が変わったとき、自分から「私は経済的に自立しているの。だから、気が合わなくなった男と別れられるのよ」と、授業で生徒に語った。

それを機に、それまでコソコソと流れていた、その教師にまつわる噂の類《たぐい》は、ぴしゃりとなくなった。かっこいい、と生徒はみな思ったのだ。

なにより、「旦那」とか「元夫」などと言わず、「男」と言ったのがかっこよかった。おまけに、その教師があまり美人ではないことにも、自立していれば自由に生きられることの説得力を感じたのである。

「今も忙しいの？　当直とか」

母が尋ねてくる。

「うん、まあまあ」

言いながらも、最近は少し当直が楽になったなと思う。そうだ、雨野が外科に来たことで当直回数が減った。これまですべて呼ばれていた緊急手術も、雨野・岩井ペアでやることが増えたので、呼び出し回数が減った。相変わらずとぼけたところのある男だが、私の業務負担の軽減には役立っている。

「下に若い先生が入ったから呼び出しは減ったかな」

「そうなの、良かったじゃない」

「そうでもないよな。外科医っていうのは、緊急手術があったらよだれを垂らしながら病院にすっ飛んでいくものなんだから」

父が横槍を入れた。

「まあ、ね」

「で、最近はどうなの？」

来た。身を乗り出す母の圧が、少しずつ強まっている。ここはとぼけるしかない。

「何が？」

「何が、じゃないでしょう。渋谷さんよ。たまにお会いしているの？」

渋谷とのことはいっさい話していない。彼の米国行きは急に決まったからだ。

「あんまり」

「彼もいい加減いい歳なんだから、ねえお父さん」

振られた父は、雑誌に目を落としたまま「うーん」とだけ言った。これでは味方か、敵か、わからない。

「ダメよ、月に一度くらいはお会いしなくちゃ」

「はいはい」

「C棟の吉野さんとこ、お孫さん二人目が生まれたのよ。きーちゃん、つわりがひどかったらしいけど、旦那さんが産婦人科医だと安心よね」

Ｃ棟の吉野さんは、お父さんが弁護士で、娘のきよはちゃんとは、小学校時代に仲が良かった。中学から別々になってしまったので疎遠になったが、親同士、とくに母同士は仲が良いらしく、近況はこうしてずっと入ってきている。

たしか音大に行き、一カ月だけウィーンに留学し、いまは医者と結婚して専業主婦をやっている。

三三歳という歳になると、たいていの母親はもう諦めて、この手の話は娘にしなくなるらしい。だが薫子は違った。玲が何歳になってもやめることはなさそうだ。どうしても孫が欲しいのだろうか。

「きーちゃんの旦那、たしか済星会《さいせい》の病院だっけ」

「そうだよ」

父が素っ気なく答える。

間違いない。この二人、前もって作戦を練っている。父は余計な口を挟まないように、母から注意を受けているのだろう。

「で、渋谷さんってどうなの。また南アフリカに出張にいくのかしら」

渋谷は付き合ってから何度か、南アフリカの展望台に滞在していた。一度行くと三カ月は帰ってこない。ひたすら星を観測し続けるのだという。世界中の天文学者が、その展望台にある特別な望遠鏡だか何だかを使う権利を争っているのだそうだ。

言いづらいが、ここは早めに言ってしまったほうが長引かなそうだと、戦略的判断をする。

「渋谷さん、アメリカに行ったんだよね」

「あら、今度はアメリカなの」

「うん、二年」

「え？」

母は目を丸くした。

「どういうこと？　あなたを置いて、アメリカに二年も行っちゃったの？　どうして？」

理解できないといった表情で、母は責め立ててくる。

「なんか、留学の話が来たんだって。それで」

このあとに続くやりとりを想像するだけで、うんざりする。

「そうだったの……」

母はショックを隠しきれないといった様子で、机の上のリモコンを手に取っていじっている。

「それで……たまにお手紙なんか来るの？」

「こないだ葉書が来た」

「二年経ったらまた戻ってくるの？」

「わかんない。多分ね」

「わかんないって……あなたたち、続いているの？」

一気に核心に迫ってきた。どう言えばいいのだ。あのやりとりすべてを話すわけにもいかない。

「それも、わかんない」

「どういうことよ……それ……ねえ、別れちゃったの？」

こちらの目を覗き込むようにしてくる。こう見ると、母はまだ若い。この歳にしては美人だと思う。白髪を染め、シミと皺を取り、必死に加齢に抗《あらが》っている。女とは、何歳になっても女なのか。

「うーん、はっきりしてないけど」

だんだん面倒になってくる。

「仕事を辞めてアメリカについてきてって言われた。だから、無理って言ってそれきり」

母は絶句した。雑誌を読むふりをして聞き耳を立てている父も、固まっているようだ。

「……そう。仕事を辞めるってそんな、急に言われてもねぇ……」

そう言う母は、仕事についてどう思っているのだろう。私が人生をかけて打ち込んでいる、仕事について。

父から何か言って欲しい。同じ職業の人間として、同じ外科医として、「仕事を辞める」というのはどれほどのことなのかを。きーちゃんと私は別の人生を歩んでいることを、母に説明して欲しい。

母も父も黙ってしまった。テレビはいつの間にかマラソン中継を終え、夜の歌番組を紹介する番組になっていた。芸人が大袈裟に「そんなことってあるんですか？」と叫んでいた。


帰り道、父が呼んでくれたタクシーの中で玲は窓の外を見ていた。東京の街並みが流れていく。

母はあのあと「それじゃ、しょうがないわね」などと言っていたが、落胆は明らかだった。私に、一刻も早く結婚して欲しいのだ。そして妊娠し出産して欲しいのだ。

なぜ母は私にそんなことを求めるのだろう、と思う。私が息子だったら、男だったら同じことを要求するのだろうか。

女とは、女の生き方とはなんだろうか。

生き物としての体を見れば、染色体も生殖器も男とは異なる。分泌されるホルモンも異なる。内臓だって、前立腺も精嚢《せいのう》も精巣もなく、子宮と卵巣、そして謎の臓器、乳腺がある。その点では、男とまったく違う生き方になるのは当然のことだ。

だけれど、男と女に社会的な役割の違いがあるなんて、いかにも古臭い昭和時代ののだと思う。男であるという既得権益を守りたい者たちのたんなる妄想だ。

しかし、しかしだ。医療現場で、助産師は女しかなれない。看護師だってなんだかんだ言って九割は女だ。外科医の九割以上が男なのも、たまたまだとは思えない。自分は、自然の摂理みたいなものに反して生きているのだろうか。

いや、そんなことはない。外科医に男が多いのは、外科が肉体労働で、力仕事だったころの名残りだ。いま、手術は筋力の弱い女性外科医にもどんどんやりやすくなっている。

筋鉤《きんこう》と呼ばれる器具を、運動会の綱引きみたいに全身で引っ張っていた開腹手術とは違い、腹腔鏡手術では大して力はいらない。握力のない外科医でも使える電動の器械もどんどん出てきている……。

タクシーは、本郷通りをすいすいと走っていく。日曜の夜はいつも空いている。向丘《むこうがおか》の交差点に差し掛かると、赤く「長徳」と書かれた看板が目立つ中華料理屋が目に付く。ここは何時に通っても店の前に人が並んでいる。店構えからはそれほど美味しそうには見えないが、すごい人気なのだ。一度、雨野を連れて行ってみようか。

マンションの間を走り、地下鉄東大前を過ぎたところの交番を左へ曲がり、言問《こととい》通りへ。昔、この不思議な通りの名の由来を母に教わった。隅田川にかかる言問橋に続くことから付けられた名前で、在原業平が平安時代に恋人を思って詠んだ歌に由来しているという。

母は、昔からこの手の教養めいた話をずいぶん聞かせてくれた。日本の古典文学にとどまらず、近代文学、クラシック音楽、洋の東西を問わぬ絵画に至るまで、幅広いジャンルの知識を持っていた。

ただのお嬢様育ちが、どのようにしてそんな知識を得たのか、子ども心に不思議だったのである。高校生の頃、母に尋ねたら、「お母さんが行っていたのはたいした大学じゃなかったけど、そこで一生懸命に勉強をしたのよ」と言っていた。

こういう母の教育が自分の人格形成にどう影響したのかは、わからない。結局のところ、そういった芸術関係とはまったく無縁な医者の道に進んだわけだから、医師である父の影響のほうが強かったのだろう。それでも、母が教えてくれたことが、私の人生に彩りを与えてくれたのは間違いない。

　そんな彼女の生き方を心の中で馬鹿にしているのは、フェアではない気もする。経済的に自立していないからといって、精神的に自立していないとは限らない。

　タクシーは右折し、不忍通りに入っていた。自宅のマンションの臙脂色の壁が遠くに見えてきた。

＊

　翌朝、病院に出勤すると、医局で当直明けの岩井に話しかけられた。

「東凱は手術を受けない選択をした」

　藪《やぶ》から棒に言われ、ぎくっとした。

「そうなんですね」

　それ以上、なにも返しようがない。東凱は他の患者とは違う。病状とこれからの見通し、そして手術と抗がん剤の効果と合併症をすべて完全に理解している患者なのだ。

「もう少し、やりたいことがあるんだと」

　岩井は疲れた顔に苦笑いを浮かべると、こちらの反応も見ずに歩いていった。

それはたしかに納得がいく。オペを受けて合併症が発生すると、最悪それきりということもあり得る。長期入院になる可能性もある。それよりは抗がん剤でじわじわと腫瘍を攻撃し、小さくなったら手術を考えることにしたのだろう。この戦略も十分に合理的だ。

それにしても、やりたいこと、とは何だろうか。担当患者の引き継ぎ？　そんな業務は、たいして時間がかかるものではない。では、書きかけの論文を完成させる？　大学病院の医者だし、それならあるかもしれない。いざ死ぬと決まったら、論文という形で、この世に爪痕を残したくなるのは理解できる。

考えてみれば、自分は東凱のことを何一つ知らない。主治医として、そして同じ職の後輩として、もっと話を聞いてみたい。

自分が主治医をしている他の患者とは、診療に関係ない話もたくさんしているではないか。親のこと、子どものこと、飼い猫のこと、趣味の麻雀サークルのこと……。こういう話をすることで、信頼関係を築けるだけでなく、治療の役に立つ情報を得られることもある。だから東凱とだって……。

いや、それだけではない感情が、自分の心の隙間に入り込んでいる、認めたくないけれど。プロである医者として、患者との関係、距離は、必ず一定を保たなければならない。でもはたして、私は抗えるのだろうか。この身のうちから湧き上がる、東凱への思いに……。

もう東凱は退院してしまっている。抗がん剤導入の入院は二週間後だ。

＊

一一月に入った。東凱が入院してきた。抗がん剤だからといって必ずしも入院の必要はないのだが、今回はこれまでと内容が大きく変わるので、念のため初回だけ入院にしたようだ。

「失礼します」

玲が東凱の個室の扉をノックしたのは、夜八時半を過ぎた頃だった。朝から二件、大腸癌のオペがあり、その後も病棟患者が急変して対応していた。落ち着いたので集中治療室に雨野と凜子を置いて、先に回診をするために病棟へ来たのだった。

「はーい」

いつもの東凱の声だ。扉を開けると、暗めの灯りの中、東凱は背もたれを起こしたベッドに横になり、ベッドサイドのライトで文庫本を読んでいた。

「おお、先生か」

「すみません、遅い時間に失礼します」

顔色は悪くない。洒落た髪と髭の、いかにも中堅外科医といった風貌は、病院指定のパジャマに似合わない。

「いかがですか」

「いかがもなにもないよ、明日やけん」

「あ、すみません、明日でしたか」

「先生の予想に反して、オペじゃなくケモを選んだけん、もう来んかと思ったよ」

「そんなこと」

髭に囲まれた口角を上げた。相変わらずの軽妙さだ。

「悩んだんやけどな、どうしてもやらんとあかんことがあってな」

岩井から聞いていたそのままのフレーズだったので、どきりとした。なにをしたいと言うのだろうか。

「そうなのですね」

それはなんですか、という言葉を慌てて飲み込む。

でも、聞きたい。どうしても聞きたい。外科医が、死ぬ間際になって、治療選択に大きく影響することになっても、どうしてもやらないといけないこととは、いったいなんだというのか。

東凱への興味だけではない。いま、外科医としての生き方に悩む自分にとって、もしかしたらなにか一筋の光になるかもしれない、と思うのだ、勝手だけれど。

そんな思いが顔に出ていたのかもしれない。東凱は笑った。

「そんなに気になるんやね、ええよ、秘密でもなんでもない。もう仕事終わってるんやろ？　どうぞ、かけて」

手で椅子に座るよう促す。うなずいて浅く腰掛けた。

「まあ、大したことないんやけど」

ベッドサイドに置かれた文庫本は開いたままになっていて表紙が見えず、なんの本かわからない。

「なあ先生、大仰なんやけど、外科医に一番大切なことってなんやろかな」

「えっ……ええと、そうですね……」

予想外の質問に、戸惑う。いきなりそんなことを聞かれても、と思う。こんな大事な質問は、何日もかけてウンウン唸って考えたい。

外科医として一番大切なこと……オペ、だろうか。オペがなければ内科医と同じだから。それとも、研究？　手術関連の研究は、外科医でなければできないだろう。あるいは後輩外科医の教育だろうか。

オペ、研究、教育。これくらいしか思いつかない。患者さん？　いや、患者さんが大切なのは当たり前だ。

こんな問いかけをされたのは、外科医になって七年経つが初めてだ。岩井とだって、酒の席なんかでときどき真面目な話にするが、たいがいは患者の治療方針についての議論で、こういう話はしたことがない。

「まあ、外科医によっていろんな意見があると思うし、それでええんやけど。佐藤先生は、何だと思う？」

それでも黙っていると、東凱は微笑んで言った。

「なんでもええから言ってみて」

そんなことを言われても、気軽に答えられる問題ではない。また、一〇秒ぐらい黙って考えてから、口を開いた。

「外科医にとって一番大切なこと、それは、手術の技術だと考えます」

思います、と言わずに、考えます、と言ったのは、自分の確たる信念だと表明したかったからだ。思います、ではただの感想や推測にしかならない。

「そうか」

東凱は両手をついて腰を上げ、ベッドに座り直すと言った。

「外科医として一番大切なこと。それはオペの技術を上げることではないんよ」

「え？」

そんなことがあるだろうか。高い技術を持ち、それを駆使して命を救うことより大切なことが？　世界で最も権威あるアメリカの医学雑誌にだって、「外科医の技術が患者の予後に影響する」という論文が去年出たばかりではないか。

「なんだ、不服そうやな」

論文のことは、大学病院という研究機関でもある施設に勤務する東凱が知らないはずがない。

「まあそれもいいんやけどな、はるかに難しいことがある」

難しいこと……玲は頭の中で反芻した。やはり研究か。

「それはな、患者さんと向き合うこと。それも、真に、向き合うこと」

「真に、向き合うこと……」

「そう」

次の言葉を待つ。

「具体的にはな」

東凱はニヤリと笑って続けた。

「いま担当している患者さん、二〇〇人くらいおるが、全員に自分の病気について話して、ちゃんと他の先生に引き継ぐ。それから、これまで死んでいった患者さんの遺族に会いに行くんや」

「え、ご遺族にっ」

「そうや。先生は、まだおらんか。自分のメスで死なせた患者は」

そう言われ、振り返る。危ない思いをした人は何人もいたが、幸いそれで命を失った人はいない。

「だけど、必ずそういう人に会うよ。自分が、自分の腕が死なせたな、という患者に」

東凱は下を向いて続ける。

「訴訟になったことはない。でも、まあその寸前まで行ったことは三回ある。『次は裁判所で会いましょう』言われてな」

眉を顰《ひそ》め、捻り出すように言った。

「でもそれは仕方がない。外科医をやっていたらどうしても避けられないんや。わかるやろ?」

――わかる。

手術とは、元気な人の全身の筋肉を弛緩《しかん》させ、呼吸を薬で止めて体を切る行為だ。何もしなければ一年生きた人が、手術のせいで一カ月で死亡することもある。もちろんそれは高齢だったり持病があったりすることが多い。手術の前にはそのような死亡リスクを説明し、それに同意した患者だけが手術を受ける。

考えてみたら、そういうハイリスク手術は、これまですべて岩井が執刀している。危険が伴うのだから、一番高い技術を持つ外科医がやるのは当たり前だ。だが、もしかして自分は、とても守ってもらっているのだろうか。

「はい」

玲は頷いた。

「そういう人に、会いに行くんや。そして」

「そして？」

「話す。患者さんの最期を。その生き様を」

「……先生と会いたくない人もいるのでは？」

「そう、連絡を取ってみて、そういう人には手紙を書く。半分は自己満足だが、こっちも死ぬんだ、まあいいだろう」

東凱は微笑んだ。

いまいち、腑に落ちない。

これが、外科医にとって一番大切なことなのだろうか。東凱がしようとしていることは、まるで自傷行為のように思えてしまう。そんなふうに思ってしまう自分は、患者と向き合っていないのだろうか。

「なんや、なに言ってんだって顔やな」

「え、いえ」

「ま、じきにわかる」

そう言うと、東凱は再び文庫本を手にした。

帰れ、ということなのだろう。不意に、東凱に尋ねたくなった。

「先生、ちょっといいでしょうか」

「ん?」

「私の話、聞いていただけますか」

東凱は意外そうな顔をしつつも、文庫本を閉じてそっとベッドに置いた。

「実は、このところちょっと考えることがありまして」

東凱になら、自分の気持ちを吐露してもいいだろう。いままさにメスを置き、外科医を辞め、人生の幕を閉じようとしている東凱なら、なんの損得勘定もなく、率直な意見を聞かせてくれるに違いない。

「ん、なんか悩んどる？　キラキラのキャリアの佐藤先生が、どうしたんやろ」

茶化す東凱を無視して話を続けた。

「あの……自分がいまから話すこと、岩井先生に黙っておいていただけますか」

「ええよ」

こちらが思いつめているのを察してくれたのか、急に真面目な目をした。

玲は少しずつ話し始めた。

地方の大学を卒業してこの病院に来たこと。研修医が終わっても、九割の外科医が所属する医局組織に入らずに九年目のいままでここでやってきたこと。少しずつ技術が上がってきた実感はあるが、岩井という師匠だけから習っていることで、技術や知識の偏りがないか不安なこと。

そして研究活動はまともにやっていないこと。いつまで外科医をやるのか、やれるのか、先があまりに見えないこと。

東凱は、まるでジャズ好きの人間がグラスを片手にサキソフォンのアドリブを楽しむように、ときに目を瞑り、ときに深く頷き、ときに首を傾《かし》げてじっくりと聞いていた。

それほど合いの手を入れるわけではない。うん、うん、ああ、くらいのものだ。

プライベートな話、つまり渋谷との付き合いや、米国行きを断った話などは抜いて喋った。しかし、それを話さないとどうにも間が抜けてしまう気がする。バウムクーヘンのような、中心部分がない空洞。

「ふむ、ふむ、なるほどな」

東凱は時折相槌を打ち、頷き、下を向き、天井を見上げ、話を聞いている。患者の話も、きっとそういうふうに聞くんだろう。

途中で我に返る。なぜ夜間に病室を訪れ、しかも主治医としての回診で、自分が思いの丈を話しているのだろうか。

いま夜勤の看護師が巡回に来たら、絶対変に思うだろう。だが、そんな懸念も、すぐに雲散霧消してしまう。

話したい。この人にしか話せない。同業者で、先輩で、さらにメスを置く決意をしたこの人にしか。

「でも、私、どうしても手術がしたくて、それ以外のことはどうでもよくなってしまって。本当にダメだと思うのですが」

「思ってないやろ、ダメなんて」

笑顔がいっそう人懐こく感じられるのは、この博多弁のせいなのか。

本音を、曝《さら》け出していいんだ、東凱には。

「……はい、思っていません。私は私の生きたいように生きればいい、そう思っています」

「それなら」

間髪を容れずに東凱は答えた。まっすぐ私の目を見ている。

「親は無視でいいやん。先生が子どもが欲しい、家庭が欲しいと思ってるんなら、いまの暮らしはあかんと思うけど」

はっきりと言ってくれた。

私は、この言葉が欲しかっただけなのかもしれない。

「外科医は、それだけの価値がある仕事やと思うよ。ま、これ以外の仕事は知らんけどな」

東凱は大きな声で笑った。白い歯が、少し痩せた顎から浮き出るように見える。

「俺はずっとそう思ってきた。だから結婚もしなかったし、子どももおらん。彼女はおるときもあったけど、全然会わんけんすぐに振られた。ずっと、誰よりも外科をやってきたんよ。俺の人生はもうすぐ終わるみたいやけど、一ミリも後悔はないよ」

もうすぐ終わるなんてことはない、と言いたい。でも、終わりは確実に近づいている。そしてそれを一番正確に理解しているのは、ほかならぬ東凱だ。

「私は」

口が勝手に動き出す。

「私は、ずっと悩んでここまでやってきました。産婦人科《ギネ》の友達は早めに子どもを産んだ方がいいと言うし、親も結婚と孫を待ち望んでいます」

もう止まらない。

「大学生の頃から付き合っていた彼がいました。彼はアメリカに行くので仕事を辞めてついてきてくれ、そして結婚してくれって言うんです」

「マジか？　それ？　そんなん、死ねって言ってるようなもんやんか」

そう、そうなのだ。俺のためにその人生辞めてくれないか、死んでくれないか。渋谷が私に言ったのは、そういうことだったのだ。

「で、どしたん」

「断りました。彼は一人でアメリカに」

「当然やな。その男に、仕事辞めて家事してくれって言ったら、そうしてくれたんか？」

「……いえ」

「何しとる男か知らんけど、それなら同じことを相手に要求すんなって話やなあ。まったく、むごいもんや」

むごい。その通りだ。わかってもらえた。

「先生は、先生の生きたいように生きればええ、俺がそうしたようにな。誰も、先生の人生に責任を持ってくれる人なんておらんからな」

「ありがとうございます」

押し寄せる感情の波を必死に抑える。そろそろだ、と思った。

「遅くまで、すみませんでした」

「またいつでも話しな」

深く頭を下げ、部屋を出た。

病棟はすでに消灯時間を過ぎていた。長い廊下は、非常灯の緑色に照らされていた。

Part 4　父倒れる

「佐藤先生、大至急なんだそうですが」

一二月に入ってすぐの火曜日。朝から執刀していた大腸癌の手術が終わりに近づき、腹を縫い閉じていると、外回り看護師が声をかけてきた。どうやら玲の院内用ＰＨＳに電話が来たらしい。

「いま手術中なんだけど。相手、誰？」

病棟患者の急変でもあったのだろうか。いや、それならそう言うはずだ。危ない患者が何人かはいる。まさか一昨日から食事が取れなくなり入院している東凱だろうか。

「それが、外線からみたいで」

だったらあと少しで終わるのだから、それからでもいいではないか。

「いいよ、あと閉めといてやるから手を降ろせ」

岩井がそう言った。患者の腹は、あと二針で閉じ終わるところだ。

「すみません、では」

手術台から離れ、ふう、と一息つきながら二重にしていた手袋を外す。手は自分の汗で蒸れていた。青い紙製のガウンをビリビリと破り脱ぐと、丸めてゴミ箱に突っ込んだ。

「交換からなんですが、外線だそうで」

「なんだろ」

そう言ってＰＨＳを受け取った。

「もしもし」

「佐藤先生ですか、こちら代表交換です。ご家族から大至急のお電話が入っておりますのでお繋ぎします」

交換手の女性の声まで焦っている。胸騒ぎがする。

「はい、お願いします……もしもし、もしもし」

「もしもし、玲？　お母さんよ」

母からの電話？

「いまね、お父さんが倒れちゃって」

「えっ？」

「朝から調子が悪いって言うんで、病院休んで家でゴロゴロしてたのよ。お母さん、キッチンでお昼のおうどんの準備をしてたら、ソファでいきなり意識がなくなってて、救急車呼んで」

「意識？」

「救急車でお父さんの病院行ったの。そうしたら、脳梗塞だって、お父さんの同僚の先生が言ってて」

「脳梗塞？　で、どうなの？」

電話の向こうは、どうやら病院のようだ。

「どうって？　いまカテーテル治療？　とかいうのをやるって」

血管内治療《アンギオ》で、血栓溶解かなにかをするのだろうか。

それにしても、つい二カ月ほど前に実家に帰ったばかりだ。そのときはなんの不調もなさそうに見えた。

「わかった、とりあえずそちらの病院に急いで行く」

電話を切ると同時に、残っている業務に頭をめぐらせる。

手術で摘出した検体をさばいて病理室に提出する仕事がある。患者の麻酔からの離脱に立ち会い、集中治療室までベッドを押す仕事もだ。そして家族に説明して……。

「どうした、佐藤」

手術ベッドのほうから声が飛んできた。

「なんか、父が脳梗塞になってしまったみたいで」

「え、いつ?」

「いま、みたいです」

「お前の親父さんってたしか、外科医じゃなかったっけ?」

「はい、そうです」

「すぐ行ってこい、あとやっとくから」

岩井の断定的な言い方は、あれこれ言わずすぐに出ろ、という意味だ。

「ありがとうございます」

とはいえ、すべての業務をほっぽり出すわけには……。

「全部雨野がやるから。な」

「もちろんです!」

雨野もきっぱり即答し、私を病院から出やすくしてくれる。二人に心から感謝し、深く一礼して手術室を出た。

更衣室で素早く着替える。臙脂色の手術着の上下を脱ぎ、ベージュのキャミソールと下着姿になった。下着に大したこだわりはなく、ネットで買ったワコールのものだ。なんだかんだ言って、こういう老舗ブランドは手術用ガウンの下でも汗をよく吸うし、長時間身に着けていても気にならない。ベージュであれば白いウェアでも透けることはない。研修医のころ、よく看護師から、「先生、下着のライン透けちゃってるよ」と言われたものだ。

蒸れた肌が一気に乾燥していく。涼しい。黒いニットワンピースを頭からかぶると、薄手の白いダウンジャケットに袖を通す。

病院を出たところで、手を挙げると流しの黄色いタクシーが停まった。

「駒込まで、お願いします」

そう言ってから、ハッとした。実家に帰るのではない、父の病院に行くのだ。医聖会病院はたしか埼玉のほうだった。タクシーで病院まで行ったほうが早いだろうか。平日の昼間。わからない。

スマートフォンで調べると、病院は中浦和という駅のすぐ近くのようだ。電車だと一時間半近くかかるが、タクシーなら四五分ほどと地図アプリが教えてくれた。

「運転手さんすみません、行き先を埼玉に変えてください。医聖会病院というところです」

「えっ」

愛想のない七〇歳くらいの男性だった。

「待ってください」

こちらのただならぬ声色を察したのか、車を路肩に停めるとカーナビですぐに見つけてくれた。

急ぎますよ、の一言もないが、明らかに車を飛ばしている。運転手のごましおのような白髪交じりの短髪の後頭部に感謝しながら、窓の外を見る。

父が脳梗塞になり、いま急行している。ちょっと落ち着いたほうがいい。流れる景色を、意識的に目に入れるようにする。信号、看板、ポプラの街路樹。タクシーが急ブレーキをかけたので、前につんのめり、シートベルトが左鎖骨に食い込んだ。信号で急停車したようだ。

車の前を歩くのは、小さい女の子を抱きかかえて歩く父親だ。女の子は三歳くらいだろうか、ピンクの洋服に身を包み、手には小さいクマのぬいぐるみを持っている。

背の低い父親は、よれたスーツにカバンを斜めがけにして歩いている。メガネは元の位置からずれてしまっており、切りそびれて三カ月は経ったような天然パーマの黒髪は乱れている。

見ているると、横断歩道の真ん中で女の子が両手を突っ張り父親から離れようとしている。子どもがのけぞり、危うく落ちかけたので思わず声が出そうになった。だが父親は抱きかかえて放さない。すると、子どもの手が当たったのか、父の黒い縁のメガネが落ちてしまった。

抱きながら、横断歩道に落ちたメガネを探している。よほど目が悪いのだろうか、なかなか見つからない。信号が青になる。運転手が、

「何やってんだ」

と小さい声で言ったのを。玲は聞き逃さなかった。

「そういう言い方はないんじゃないですか」

とっさに口から出ていた。

「子どもがいて大変なんでしょ」

運転手の後頭部を睨むが、返事はない。運転手も、乗客のために急いでやっているのに非難されるいわれはない、と思っているのかもしれない。

父親はメガネを拾い上げたようで、こちらに一礼しながら道路を渡っていった。

「ぼろぼろだ……」

なぜこんな平日の昼に、しかも父親が一人で子どもを連れているのだろう。母親は仕

事なのだろうか、それとも逃げられでもしたのか。「裕福」だとか「余裕」などといった言葉とは無縁そうなあの父親に育てられた娘は、いったいどんな大人になるんだろう。

急に、こみあげるものがあった。胸の上のあたりが、つかえて苦しい。

私も、あんなふうに育てられたのだろうか。若き頃の父は、幼い私を抱えて歩いたことがあっただろうか。

自分の心音が聞こえる。鼓動ではない。心臓の弁が、まるで両手をパチンと叩くようにして強く閉じるときの音だ。

生命とは、生きていることとは、なんと脆いことなのか。もしあそこで父親が娘を見捨てたら、あの子はあっさりと轢《ひ》かれ命は終わりを迎えるだろう。でも彼はそれをしない。

考えてみれば、父親という存在は不思議なものだ。男なのだから腹の中に子宮はなく、胎児を育てる臓器を持たない。

自分の腹から生まれてきたわけでもない、性行為だけで発生した命について、養育の重い義務を負っている。生存そのものが競争だった太古の昔には、父親は命と引き換えにしてでも子を守っただろう。現代だって、お金やそれを稼ぐための膨大な時間を、命を少しずつ削るようにして、無条件に子に捧げている。

母親ならまだわかる。自らの体内で、血管を通じて栄養を分配し、一〇カ月ものあいだ育てた、まさに自分の分身といってもいい存在だ。それに命をかけるのは、自分を守ることとほぼ同義だ。だが父親に、そのような実感はないだろう。

父は、いわゆる仕事人間だった。

あの頃の外科医に、私生活などあってないようなものだ。毎日病院に寝泊まりし、週末だけ大量の下着を持って帰り、新しいものをカバンに詰め込むとすぐ病院に行った、と母は嬉しそうに言っていた。

ひどい話だが、いまのように患者の状態を監視するモニターはなく、検査も十分でなかった時代だ。携帯電話はなく、連絡もままならなかったはずだ。外科医が病院に詰め、自分の目で直接患者を見て触って、状態を判断するしかない。

〝Great surgeon, great incision〟という標語を知らない外科医はいなかった。偉大な外科医ほど、大きく皮膚を切開してよく見えるようにしてから手術をするものだ——つまりは大開腹の時代だから、いまよりもはるかに手術後の合併症は多かった。

だから、私生活がそうなるのは、やむを得なかったのだと思う。患者の命を救うために、外科医の家族が犠牲になった。

私が小さい頃の写真を集めた、色が落ちかけた赤い表紙のアルバムが、いまも実家のリビングの本棚に並んでいる。最後に見たのはもう一〇年以上前だろうけれど、あそこに父の写った写真はほとんどなかった。入学式も卒業式も、七五三のお参りだって不在だった。

小学生くらいのときには、それを恨んだこともあったような気がする。だが、たまに帰ってきては疲れ果てた笑顔を見せる父を見て、きっと彼は崇高な仕事をしていて、そこに娘である自分の入り込む余地などないのだ、そういうものだ、と思っていた。いや、自分にそう言い聞かせていた。

唯一、一枚だけ、たった一枚だけ、父が近くの遊園地に連れていってくれたのだろうと思われる写真があった。小さいスペースシャトルのような乗り物で、父の前に座らされ不安そうにこちらを見ている、三歳くらいの私。あれは母が撮ったのだろうか。ということは、三人で行ったのだろうか。

どんな容態なのだろう。脳梗塞ということは、時間が経っていなければ治療でまったく後遺症が出ないこともありうる。だが、楽観はしないほうがいいだろう。

だいいち、いくら父の勤務先とはいえ、なぜ実家からこんな遠方の病院まで連れていったのだ。救急車でも二、三〇分はかかるに違いない。そのタイムロスは、脳梗塞にはかなり惜しい。

脳の血管に血の塊である血栓が詰まるこの病気は、血栓をどれだけ早く除去できるかが問題だ。血栓を溶かす治療は、たしか発症から四時間以内くらいでないと行えないと医学生時代に学んだ記憶がある。脳が腐る前に、新鮮な血液がデリバリーできなければ、脳が担っている機能が失われる。それが歩行か言語かは、詰まった血管による。

運転手は相変わらず急いでおり、時速七〇キロは出している。窓の外は、どこか大きな橋を走っているようで、広い河川敷でユニフォームを着て野球をする人たちが見えた。

治るだろうか。死亡リスクはどれほどのものだろうか。

何もできない自分がもどかしい。もし消化器の癌や緊急の疾患だったら、牛ノ町病院に連れていき、完璧な治療をしてみせるのに。

人間の体はいろいろな部分からなっていて、自分はごく一部の臓器の治療ができるだけだ。悔しい。牛ノ町に転院して治療を受けさせたいと思っても、脳梗塞のいま、そんなことをしている時間はどこにもない。

主治医は、父を担当する医師は、どれほど心血を注いで頑張ってくれるだろうか。命がけでやってくれるのだろうか。

そんなことを求めても仕方がないが、自分の父にだけは、特別に良い治療をして欲しいという気持ちが頭をもたげる。

これはきっと患者家族のエゴだ。でも、こんな気持ちを持ってはだめなのだろうか。いや、それを言うなら、自分は自分の担当する患者にどれほどの覚悟を持っているのか。肉親に対するのと同じように、命がけで治療にあたってきただろうか。

自分がメスを入れた何百人もの患者の家族たちも、こんな気持ちで祈ったのだろうか。私は、その気持ちに応えられていただろうか。

そのとき、渋谷の顔が浮かんだ。鼻筋の通った、綺麗なあの顔。なぜこんなときに限って？　不思議でしょうがない。私の意思とは関係なく、脳が、勝手に作動したのだ。父がいま危機に陥っている、この臓器が。

渋谷は、いま私が考えていることを伝えたらどんな顔をするんだろう。「命がけ？　命をかけたらどれくらい結果が変わるの？」とでも言うだろうか。それとも、「わかるよ、俺も夜空の星に命をかけているから」などと笑うだろうか。

医者の人生は、いや、外科医の人生は、それ以外の職業の人と相容れないのかもしれない。

だとしたら、誰かと生きることを諦めるか、理解してもらうことを手放して無関心な人との人生を歩むか、二択なのか。産婦人科医の鷹子は結婚しているが、そんな葛藤はなかったのか。はたしてどうバランスをとったのだろうか。

「医聖会病院　こちら」という案内板に従ってタクシーが滑り込む。小声でお礼を言うとお金を払い、降りた。

ここには初めて来た。三階建、外壁はクリーム色のレンガ造りのような、瀟洒《しょうしゃ》な雰囲気だ。見上げると、建物の上に「医聖会病院」とゴシック体の看板がかかっている。入り口の自動ドアを入ると、そこそこ広いエントランスの左のカウンターに「受付」とあった。

「すみません、救急搬送された者の家族なのですが」

淡いピンク色の制服姿の中年女性は一瞬意味がわからなかったのか、返事をする代わりにマスクの上の眉を訝《いぶか》しげに少し顰めた。そうか、救急搬送などとは、一般的にはあまり言わないのか。

「さきほど救急車で運ばれてきた、副院長の佐藤の娘です」

女性は、

「あっ、副院長先生の」

とすぐにわかったようで、ハッと驚いた顔をした。一瞬笑顔を作ろうとしたが、すぐに硬い表情に戻った。目尻に少し光沢がある。ラメだろうか。五〇代くらいのようだが、そのわりには若い化粧をしている。

「あちら、救急外来へどうぞ」

と掌《てのひら》を上にして、エントランスの右奥を指した。軽く一礼して踵《きびす》を返す。

廊下を進むと、「救急外来」というプレートと赤い矢印の案内板があった。

廊下が細くなる。

「玲」

長い廊下に母の声が響いた。母は、救急外来の向かいの長椅子に一人腰掛けていた。遠くに見える白いセーターにロングスカート姿の母は、以前より小さく見えた。ずっと、廊下のこちら側を見て私を待っていたんだろうか。それとも足音で気づいたのか。

小走りで進む。長い廊下がもどかしい。

「お母さん」

近づくと、母は立ち上がったと思った次の瞬間には抱きついてきた。母のにおい。実家のにおい。同じくらいの身長だから、母の柔らかな髪が顔を包む。母に抱かれたのは、いつ以来だろうか。

「お父さんは」

「ごめんね、ごめんね玲。お父さんが倒れちゃって」

なぜ謝るのか。まさか。

「ちょっと部屋入るね」

引き戸になっているドアを引く。そう広くない救急外来だ。ベッドが六つほど並んでおり、そのいくつかはカーテンが閉まっている。

「すみません！」

大きな声を出して見渡すと、父はすぐに見つかった。カーテンが開き、看護師が出てきた。中には看護師がもう二人、そして医師らしいロングコートの白衣を着た男性が一人、ベッドを取り囲むように立っている。パッと見た感じ、これは脳外科医に違いない。あの目つきで、ポケットに手を突っ込むのは医師、それも外科系の医師くらいのものだ。

「佐藤の娘です」

頭を少し下げ、真っ先にベッド上の父の顔を見ると、酸素マスクが付けられた父は目を瞑っている。

よかった、気管挿管はされていない。

これだけで、致命的な状態ではないことがわかる。だが脳梗塞なのだ。問題は後遺症、つまり麻痺の有無だ。

自分の目と頭が、モニターから自動的にデータを得て解析をし、父の体から伸びる透明のチューブと、その先の点滴から情報を集め、統合していくのがわかった。

心拍数は90と少し速いが、血圧は120だから落ち着いている。目を瞑っているが、掛け布団の上から見える父の四肢の位置は悪くない。ということは……。

「娘さんですね。脳外科の新庄《しんじょう》です」

急に声をかけられた。

「あっ、すみません。外科の……いえ、娘の、佐藤です」

自分が診察している気になって、ここに医師がいたのをすっかり忘れてしまっていた。おまけに外科の、などとうっかり口走ってしまったではないか。

新庄と名乗った医師はマスクの上の目尻に皺を寄せて言った。一七五センチくらいで細身、目つきが鋭い雰囲気だ。真ん中で分けた髪は黒々として太く多い。立っているだけで、なにか自信というものを滲ませている。こういう中年男性は、その見た目だけで医者として得をしていると思う。

「存じております、外科の先生でおられるのですよね。副院長からよく聞いております」

父が私のことを職場で話している、というのは驚きだが、まあ同業だからそういうこともあるだろう。そんなことより、だ。

「恐縮です。それで、父は……」

「ええ、今日ご自宅で倒れているところをお母様が救急要請なさって、こちらにいらっしゃいました。tPAか血栓回収か、という話になりまして……」

それから二、三分のあいだ、新庄との間で専門用語が飛び交った。母の存在を背中に感じてはいたが、新庄も医学用語交じりで話したほうが早いと判断したのだろう。申し訳ないが、母のことはほぼ無視をして、話を進める。

「……では、どうぞよろしくお願いいたします。私は血管造影室《アンギオ》で準備してきますので」

そういうと微笑んで新庄は歩いていった。目つきのわりには愛想のいい男だ。これまで会ってきた脳外科医の多くは、スタッフや他の科の医師にはかなり感じが悪いが、患者には優しい。自分たち消化器外科医がどんなスタッフにも愛想よく振る舞うのに比べて、愛情表現が不器用。そんな脳外科医への印象は、この父の主治医にもほぼあてはまる。

新庄を見送ると、振り向いて、母に説明を始めた。

「いまお父さんは、脳の大きめの血管が詰まっていて、これから血栓回収をするんだって」

「……？」

母は困惑した表情を浮かべた。

「ごめん、血の塊が頭の血管に詰まるのが脳梗塞なの。詰まっちゃうとその先の脳が腐っちゃうのよ。で、血の塊を血栓って言うんだけど、足の血管から細い管を入れて、その血栓が詰まっているところまで管を進めて、吸い出すんだって」

正直なところ、この治療法を詳しく知っているわけではない。学生時代にも研修医時代にも、脳外科は研修しなかった。医師国家試験前に、脳梗塞の治療法の一つとして文字で学んだだけだ。だから、新庄の説明はところどころよくわからなかった。こちらが医療の素人ではないからということで、端折《はしょ》った説明になっていたこともある。

振り返ると自分も、家族が医師や看護師だった場合、わかりきったことを説明するのは失礼に当たると思って、専門用語をわかりやすい言葉に言い換えるようなことはしてこなかった。

だが、これからは、やさしい説明をする必要があるのかもしれない。

――自分はこんなときでも、仕事のことを考えるのか……。

父は目を軽く閉じている。意識はあるのだろうが調子はよくない、といった表情だ。

二人いた看護師の一人は軽く一礼すると離れた。これからの血栓回収という治療の準備

があるのだろう。父になにか声をかけようとすると、

「では、外でお待ちください」

と、若い看護師からやんわりと遮《さえぎ》られた。

脳梗塞の治療の前は、極力刺激を避ける必要がある、と聞いたことがある。いや、その話はもしかしたら脳出血だったかもしれない。リラプチャー、つまり脳血管の再破裂による再出血を防ぐためだという。牛ノ町でも、手術室に搬送するためにベッドをゆっくり慎重に動かすところを、ときどき見る。

だとしたら脳梗塞の患者でも、出血性梗塞といって出血することがあるのだから、安静にしていて悪いことはあるまい。

「出よう、お母さん」

母が泣きついて父の血圧が上がってしまっても困る。腕を取ると、救急外来の外へと出た。

出たところで母が立ち止まった。

「ねえ、玲ちゃん」

「なに？」

母は泣いていた。

「お父さん、大丈夫かなあ」

か細い声でそんなことを言われても、私だってわからない。

「大丈夫だよ。大丈夫」

「お父さんいなくなっちゃったら私、もう……」

膝が折れ、倒れそうになる母を両腕で抱きかかえた。

「なに言ってんの、大丈夫だから！　しっかり立って！」

つい声が大きくなる。母に苛立ちの感情を向けそうになるのを、必死で抑える。

＊

救急外来の看護師の指示で、家族は救急外来の前の待合スペースで待機することになった。

待合スペースといっても、ただの廊下に、向かい合わせに長椅子が二脚ずつ置かれているだけだ。長椅子の隣には、花台に載せられた花瓶に、モスグリーンをベースにした造花が飾られている。こんなところでゆっくり待つことなどできないし、患者の家族が座っているせいで、スタッフもかなり通りにくいだろう。

ようやく落ち着いた母をモスグリーンの新しい長椅子に座らせると、「なにか飲み物を買ってくるから」と言い残して売店へ向かった。

廊下を早足で歩き、またあの受付に来たが、さきほどの女性は姿を消していて、同じ制服を着た別の若い女性が一人、立っていた。

壁に掲げられた案内図を見ると、売店は一階の救急外来と真逆の場所にあるようだった。腰の曲がった高齢男性と、胸に所属する会社のネームホルダーをつけたスーツ姿の二人組の男性とすれ違う。抗がん剤を得意としている製薬会社だ。妙に整った顔の営業男性社員、いわゆるMRが多いのもこの会社の特徴だった。

売店で緑茶を二本買って戻ると、母は花柄のハンカチで目を押さえていた。やれやれ……。

「はい、お茶」

母は声を出さずに頷くと、ペットボトルを受け取った。

どれほど動揺しているというのか。この分だと、買ってきたお茶も飲まないに違いない。

——だったら一本だけ買ってくればよかった。

妙に苛立つ自分を、うまくコントロールできない。

母の隣に腰掛け、緑茶を一口含む。ほとんど味がしない。最近のペットボトルのお茶は、苦みよりも甘みを強調しているからだろう……などと、自分の動揺は認めたくなくて、言い訳がましく思う。

良くない。流れが良くない。

胸に溜まった息を大きく一つ吐くと、急にこの廊下が静かなことに気づいた。母はもう泣き止んでいるようだった。このまま一時間も二時間も二人で黙って待つことになる。なにか全然別の話をして気を紛らそうかと思ったが、そんな気分にもなれない。

――父は、大丈夫だろうか。

あの新庄という脳外科医は、それほど若くないし、かといって、めったに臨床をやらないほどのおじいさん先生というわけでもない。自分の肉親の主治医としては、なんというかちょうどいい、臨床の医師として脂の乗った年頃だ。牛ノ町病院の上司である岩井と同じくらいの年代だろう。

ふと、去年医療専用サイトで見た、脳血管のカテーテル治療中に血管を突き破って患者を死亡させた訴訟のニュースが頭に浮かんできた。その脳外科医は、所属病院で何人もの患者を医療事故で死なせ、問題となってクビになったらまた近隣の別の病院に移籍して、たくさんの死亡事故を起こしたという。そんな医者がこの世に存在しているとは驚きだ。とても信じられない。

――あの新庄という脳外科医はどうだろうか。技術は確かなんだろうか。

ポケットからスマートフォンを取り出すと、「医聖会病院　脳外科」と検索した。病院ホームページの、「脳神経外科　医師紹介」が出てきた。部長という肩書きのところには、澤田という色黒でやたら濃い顔の男性の写真がある。地方の医大の出身で、専門医や認定医の資格がずらりと六個並んでいる。

画面を下にスクロールすると、「新庄惣介《そうすけ》」の名前とともに、あの顔が目に飛び込んできた。事務方にいきなり撮られたのだろう、白い壁の前に立つ新庄は不自然な笑顔を作っている。

さきほど話をしたときのような、眼光の鋭さはこの写真にはない。だが、にっこり笑って写真を撮られるようなタイプでもないのだろう、無理に上げた口角が引き攣《つ》っている。きちんと剃られていない、濃い髭跡は激務をこなしていることを想像させる。

副部長、という肩書きに続き、脳神経外科専門医、日本脳卒中の外科学会指導医という資格が書かれている。脳神経外科専門医は外科専門医と同じようなものだろうから想像がつく。日本脳卒中の外科学会指導医というのは初めて聞いたが、学会の指導医なのだから、経験はそれなりにしっかりあるのだろう。

「お母さん」

母はまだ茫然自失といった表情で、声を出さずに顔だけこちらを向けた。

「いまやってくれてる新庄先生、ちゃんとした先生だよ。安心していいと思う」

「ホント？　それならいいけど……うまくやってくれるかなあ」

「大丈夫だよ、ベテランの先生みたい。学会の指導医って、簡単になれないから」

素人に、医師の実力を伝えることは簡単ではない。ちょっと面倒だな、と思うと同時に、自分もまたこうやって患者家族からインターネットで調べられ、肩書きを品定めされているのだろうか、という考えが頭をよぎる。きっと、いや、間違いなくされているだろう。

はたして私がいま持っている資格、外科専門医と感染管理医師というものは、家族の不安を払拭するに足りるんだろうか。指導医や、もっとたくさんの資格を持っている医師に担当してもらいたいと思うものではないのか。

それはそうだろう。こうやって、患者の家族の立場になって初めてわかることがたくさんある。腕を上げるだけではなく、外から見てもわかりやすい資格を取っていくことは、それなりに重要なことなのだ。

来年になれば消化器外科専門医の試験が受けられる。なんとしても一発で合格しなければ……。

——まただ。こんなときだというのに、また仕事のことばかり考えている。

「ねえ、玲ちゃん。お父さん、大丈夫かな」

母が左腕に手を絡めてきた。

「うん」

大丈夫だとは思う。だが、どんなベテランでも、うっかり血管を突き破ってしまうことはあるだろう。そして患者を死に至らしめてしまう経験は、あの新庄にしても持っているに違いない。

幸い、私はまだ自分の手術が直接的に患者の死因になったことはない。だが、あの判断は誤っていたのではないか、あの患者はもう少し早く手術ができていれば助かったのではないか、など、考え始めるといくらでもある。

父は、このまま死んでしまうのだろうか。死ななくとも、脳梗塞により何かの機能が損なわれ、介護が必要な状態になってしまうんだろうか。

少しずつ、自分の手足が冷たくなってくるのを感じる。他人事《ひとごと》のように客観的に父の治療を見つめていた状態から、患者のいち肉親として、おろおろと成功を祈るようになってきている。

自分はなんと無力なのだろうか。こんなに心配なら、自分の病院に運び、うちの脳外科の先生にやってもらったほうがよかったのではないか。

徐々に、向かいの壁が近づいてくるような錯覚を覚えたかと思うと、今度は視野が狭まり、まるでトイレットペーパーの芯から覗いているような感覚に陥る。

――ダメだ、落ち着け。私は医者なんだ、いつだって冷静になれるはずなんだ。

職業的鈍感さ、とでも言えばいいだろうか。肉親の重病を、まるで主治医であるかのように評価し、今後を推測する。あまりにも患者の家族らしさがないことが、いまはかえって役に立つ。

動じている母が隣にいるというのに、私がパニックになるわけにはいかない。

玲は、母に気づかれないよう、太腿《ふともも》の間で両手をそっと組んだ。

*

「……では、そういうことで、よろしくお願いします」

新庄医師は、処置前と寸分違《たが》わない微笑みで一礼すると、廊下を歩いていった。この男は、心臓にもじゃもじゃ毛が生えているのだろうか。

「玲ちゃん」

言葉にならない様子の母の目から、また玉のような涙が床に落ちる。

結局、血栓回収療法がアンギオ室で始まってものの四〇分ほどで、新庄は放射線防護用の鉛の服を着て出てきた。そして、うまくいったということ、すなわち詰まっていた血管が再開通したと報告してくれたのだった。

「うん。あの先生、けっこう腕がいいのかもね」

「なにかお礼でも持っていかなくっちゃ」

「なに言ってるの、まだ安心するのは早いよ」

言ってからしまった、と思った。ほぐれていた母の表情が、みるみる崩れていく。また泣かれたらかなわない。

「うそうそ、あとは集中治療室でじっくりリハビリすれば良くなるから」

「そう?」

半べその顔は、まるで少女のようだ。これではどちらが親かわからない。

「だってお父さん、ここの副院長でしょ。みんな全力でやってくれるよ」

お父さんがロクでもない上司でなければね、とはもう口にしなかった。

今日のところはもうお帰りを、と新庄は言っていた。安心してください、ということだろう。今日はまだ麻痺が残るか、言語能力が戻るかどうかの判定はできない、という意味もあるようだ。

「さ、帰るよ」

名残惜しそうな母の手をとり、病院入り口の受付の前まで来た。

さて、中浦和という慣れない場所からはどう帰ればよいだろうか。母は救急車に同乗してきたのだし、自分はタクシーだったから電車のルートがわからない。母は、元気をなくして黙って後ろを付いてきているだけで、尋ねてもわかりそうにない。

受付で聞いてみよう。窓口には、最初に対応してくれた女性が戻ってきていた。

「あの、ここから都内に帰るにはどういう方法が一番いいでしょうか？」

来たときにも気づいた、アイメイクのキラキラとした小さい粒がやはり目につく。

「ここからでしたら中浦和まで歩くかタクシーで行かれて、埼京線で池袋まで出られます」

よく聞かれるのだろう、言い慣れた台詞《せりふ》のようだった。

ありがとうございます、と言って歩き出すと、意外な言葉が耳に飛び込んできた。

「あの、副院長は、佐藤先生は、いかがでしたでしょうか」

誰が言ったのか一瞬、わからなかったが、ここにいるのは受付の女性と自分と母だけだ。

「ええと、無事血栓は回収できて、大丈夫そうですがこれからの経過によりますかね」

言っておいて、自分があまりに他人事というか、まるで医者が患者の家族に言うような口ぶりなのに驚いた。きっと、この人はこの病院の勤務が長くて、同じく古株の父とも親しくしているのだろう。だから同僚として、気にしてくれたのだろうに、素っ気なさすぎたかもしれない。

「そうですか……よかった……」

女性は目を瞑ると、胸に手を当てた。

ほんの少し、引っかかる。なんて嬉しそうな顔をするのだ。同僚が救命されたからといって、こんな表情を見せるものだろうか。

まあ、父はよほど人気者なのかもしれない。副院長という立場でもあるし。

病院を出て、左側に止まっているタクシーのほうに歩く。

アスファルトを見ながらも、受付の、ラメの中年女性、そしてあの顔が頭から離れない。

——まさか、考え過ぎだろうか。

私がこれまで会ってきた、そして見聞きしてきた外科医は、上司の岩井もそうだがエネルギーの塊のような人間が多い。それが性的な方向に向かう人もいるとはよく聞く。外科医だからとまとめるのは乱暴な気がするが、他科医師との違いは肌で感じるものがある。

性欲というものを正確に数値化できるなにかがあれば、外科医という集団は明らかに他の医師たちと比べ高い結果を示すのではないか。

それを、そのまま気持ち悪いとは思わない。人間なら誰しもが持っている欲求だ。当然、父だって。

あの女は、父のいい人だろうか。見た目から、そういう類の下品さは感じられない。ただただ一職員として、長年勤める副院長を慕っているだけかもしれない。でも、そうだとしたらあんな顔をするものだろうか。

私が敏感すぎるのかもしれないが、「女」というものを、一番見たくないタイミングで見せられたような、嫌な感じがする。

後ろを歩く母は、そんなことにはまるで気がついていない様子だ。よかった。精神的にダメージを負っているいま、父に愛人がいたかもしれないなどという思いまで、抱えてほしくない。

これは自分がそっと胸に秘めておくことだ。いつか父に尋ねてみよう。

タクシーに乗って最寄駅に着くまで、二人は無言だった。

＊

「先生、私は納得いっていませんから」

玲は怒りをあらわにして、医局の岩井のデスクから歩き去る。ちょっと待てよ、という岩井の声を無視して歩みを進める。

一二月も半ばに入った月曜の朝の医局は、八時半の今頃になって出勤するのんびりした科の医師たちでざわついている。回診を終え、一通り点滴や薬のオーダーを出したあと、「話がある」と岩井にPHSで呼び出されたのだった。

そして、あの患者が他に急いで手術すべき患者を差し置き、順番を破って優先された理由が判明したのだ。

今日入院ということでまだ会ったことのないその患者は、四四歳の女性だ。都議会議員であるということを除き、カルテを見る限り、医学的に特別に治療を急ぐべき理由はない。

「そんなこと俺に言われてもよ……」

背中に岩井の弱気な声が当たるが、振り返ることはしなかった。

——まただ。

議員だという理由で、順番を早める指示か要請がどこからか岩井に入り、岩井がそれに従ったのだろう。そんなことが、この八年で三件はあっただろうか。

その都度、猛烈な不快感を覚える。なぜ他の患者と平等にしないのか。たとえば痛みが強いとか、腸が詰まりかけていて危ないとか、そういう医学的な理由もないのに、ただ社会的地位が高いからといって、その患者が他の患者に優先される意味がわからない。

いま、牛ノ町病院の外科で癌の患者の手術はだいたい一カ月待ちだ。一カ月であれば、癌が進行するとは考えにくい。それでも、癌と診断された患者さんは全員、おおきな不安を抱えながら順番を待っているのだ。そこに一人横入りがあれば、手術は一週間ずつはずれ込む。

病棟へ着くと、雨野がいた。

「先生……どうしたんですか」

こちらの表情で察したのだろう。

「なにも」

「あ、お腹すいてるんですよね。アメ、食べます？」

呑気な男だ、まったく。

そう思いつつも、雨野が差し出した白い紙に包まれたアメを開いて口にする。すうっと口に冷気が広がると、硬く閉じていた心の扉が開いていくような心地になる。雨野はこうやって、こちらに気を遣わせないやり方で、労ってくれているのかもしれない。

「ホールズです。久しぶりに売店に置いてあったんで」

返事はせずに雨野の隣に座ると、パソコンのキーボードを叩き電子カルテにログインした。

本日入院予定の患者一覧の中に、「猪頭さとみ」の名前があった。イトウと読むらしい氏名の横には、「四四歳」とある。珍しい苗字。猛々しさが、政治家によく似合う。

猪頭が岩井の外来に初めて来たのは五日前、水曜日のことだったらしい。年末は患者が増えるのが常で、カルテの患者氏名一覧を見る限り、三時間で二九人と、岩井の外来も患者で溢れている。

カルテはあっさりとした記載だった。

「先月から便に血が混じることを自覚し、体重もここ三カ月ほどで減ってきているとのこと」

なるほど、栄養が悪いかもしれない。そして、

「多忙を理由になかなか病院を受診できなかった」

そうだ。一二月の都議会議員という人種がどのような忙しさなのかは、見当がつかない。

マウスをクリックして白黒のCT画像をじっと見ていると、雨野が声をかけてきた。

「CTではリンパ節転移はなさそうで、腫瘍もそれほど大きくないですね。この人、なんで急ぎになったんですかね?」

「知らないの?」

知らないに決まっているか。自分だってさっき聞かされたのだ。しかもわざわざ医局に呼ばれて。

「議員なんだって」

雨野の動きが一瞬止まったが、すぐに、

「あー、ほほー、なるほど」

と自分のパソコンモニターに向かった。

それだけで納得ができるのだろうか。

「あのさ」

「なんか、この人知ってます、僕」

「え？」

雨野が政治に興味を持っているなど、聞いたことがない。

「多分ですけど、ここの地元の議員さんじゃないですか。なんか、上野駅でよく立ってるんですよ、自分の名前ののぼりを持って。医学書の本屋さんに行く途中、いつも同じところにいるんで。名前が覚えやすいですから」

そう言われれば、見たことがあるかもしれない、と思い当たる。

「でもこの人の党、公約を一つも達成してないんですよね。なんか、花粉症を撲滅するとか適当なこと言って、それで当選してなんにもしないんですから」

病院に住んでいるような雨野がそんなことに興味を持っていることに驚いた。医療の外の世界にも目が向いていたのか。上司としては、そんな暇があったら外科の手術書を読むか英語論文でも読め、と思うが、そんなことは言わない。

カルテに目を戻すと、

［急ぎの手術　来週入院］

とあった。今日入院して、明日もう手術だ。もともと手術が予定されていた患者は、来週に繰り越されていた。気に食わない。

自分が過剰に苛ついている理由はわかっている。父の容態が安定して命の危険がなくなったとわかったら、あの受付女性が急に気になって仕方がないのだ。父が倒れてあれほど心にダメージを負った母を、実は父は長年裏切っていたというのだろうか。

もちろん、なにか確証があるわけではなく、ただ彼女の「よかった……」という表情がすべてである。

しかし、彼女の、女性性に満ち溢れたあの顔が嫌だ。それ以上の証拠があるだろうか。そしてさらに嫌悪を感じるのは、自分が、あの表情から出るメッセージに勘付いてしまったという事実だ。それはつまり、自分の中の女性性に否応なく気づかされることだった。

女。女。女。

男は、自らの性別にこれほど苦悩するのだろうか。それとも自分は「男っぽい」職場を選んだ女だから、そのミスマッチに苦しむのだろうか。

四四歳の議員というのは、どんな女なんだろう。

議会というところは、政治というフィールドは、外科の手術室と同じように、「男っぽい」場所なのだろうと思う。だとしたら、権力を自らのために行使した猪頭という患者は、どんな女なのだろう。

余計なことを考えている、と思う。仕事に集中していない証拠だ。

父の病院へは、この前の土日は日当直、つまり土曜朝から月曜朝まで病院にいたので見舞いに行けなかったが、父はあれからなんの麻痺もなく、言語能力も問題なく経過していると母から報告があった。

やはりあの脳外科医の腕は良かったのだ。自分もまた外科医として、患者と患者の家族の願いに応えられるよう、業務に集中すべきだ。

玲は勢いよく立ち上がると、

「オペ室、先行ってる」

と雨野に告げて、病棟をあとにした。

＊

議員、猪頭さとみとの対面は、その日の夜になってからのことだった。

雨野を伴い、夕回診をしたのは午後七時を過ぎていた。朝からの手術、腹腔鏡下《ラパ》右半結腸切除術《うはん》は予定通り三時間半で終わったが、午後の虫垂炎の手術が想定外のとんでもない癒着で、一時間の予定時間をはるかに超過し三時間もかかったのだった。

午前中に入院したのにこの時間になりやっと医師が来るなど、不快に思っているかもしれない。そう考えるとつい身がまえてしまう。

「失礼します」

東凱の隣の個室の扉をノックして開けると、サテンの淡いピンクのパジャマに身をつつんださとみが、椅子に座りテレビを見ていた。

「こんばんは」

さとみは立ち上がると、そのまま軽く会釈をした。

「猪頭と申します」

「よろしくお願いします、入院中担当します佐藤と、雨野です」

「よろしくお願いします」

意外なほどフランクに話すさとみに、拍子抜けした。これまで出会ってきた議員たちとは違うようだ。

身長は一六〇センチほどなのだろうが、大柄に見える。威圧感はない。厚めの化粧は年相応で、軽く明るい髪はゆるやかにうねっている。どことなく自分の母と似たようなところがあり、育ちの良い四〇代女性、という雰囲気だ。

パッと見て、悪い人ではない、と感じさせるものがある。

「カルテを拝見しました。最近はお通じが出づらいのですか？」

そう質問しながら、出会って初めての会話でいきなり排便について尋ねるのはどうなのかと思った。普段そんなことは思ったことがないのに、さとみのまとう堂々とした空気のせいか、それとも父のことで患者側の気持ちに敏感になっているからだろうか。

「ええ、汚い話で恐縮ですけど、あんまり出なくなってきてしまって。お腹もたまに痛むもので、子どもの頃からかかりつけの近所の麻布先生に、岩井先生を紹介していただいたんです」

さとみが言った開業医の名前は、聞き覚えがあった。病院からほど近くにあり、定期的に腹痛や癌の患者を紹介してくれるところだ。たしか最近、二代目の若先生もその医院に加わったと聞いている。牛ノ町病院にとっては、いわゆるお得意先である。

「そうしたら、麻布先生がその病状は危ないとおっしゃり、岩井先生に早くお願いしてくださったみたいで、急に入院になったんですよ」

そうだったのか。議員がその権力で圧をかけたのだとすっかり早合点していたが、そうではなかったのだ。

症状からして緊急性があるために急いだ、というのなら納得がいく。

岩井はその麻布という医師との付き合いがあるに違いない。背中に雨野の視線を感じるが、無視して話を続けた。

「そのほか、なにかお困りのことはありますか」

「そうねえ……体重が減ってきちゃったことかしら。ま、嬉しいんですけど、どんどん痩せてきちゃったから心配で」

癌患者で体重が減ってくることはよくある。栄養を、癌細胞が奪っていくのだ。

「わかりました、では明日、よろしくお願いいたします」

軽く頭を下げ、早々に部屋をあとにする。

そのまま一五人の外科患者の回診を終え、ナースステーションに戻ると、看護師の吉川がいた。

「先生、遅くまで大変ね」

「そういう自分だってまだ残ってんの？」

吉川は座ったまま看護師用のパソコンモニターに目をやると、ため息をついた。

「来月、看護研究の発表があって、それの指導者なのよ私。やんなっちゃう」

看護師には看護師の世界があり、大変なことがあるのだろう。

雨野はさっさと電子カルテのパソコンの前に座った。ホワイトボードに汚い字で書かれた「看護師からの依頼」を処理しているのだろう。「山中さん、下剤希望あり」「井岡さん、明日から点滴オーダー」など、四、五個書かれている。

ボードの前に立ち、

「明日手術のあの政治家、思ったより感じ悪くなかった」

と独り言のように言ってみると、吉川が答えた。

「そうね、苦労してるからかもね。先生、政治家嫌いだからそんなこと言っちゃって」

「苦労って?」

「あら、知らないの?」

吉川は目を丸くした。

「ダメねえ、ドクターは世間知らずなんだから。あの人、この辺じゃけっこう有名なのよ。子どもが障がい児で、さらにシングルマザーなの。それでママ層からすごい人気。私だって政治に詳しいわけじゃないけど、SNSなんかでもよく話題になってる」

障がい児のひとり親。苦労していないわけがない、とは思う。

「シングルで、障がい児がいて、よく議員なんかできるね」

「先生?」

吉川が驚いたような顔で見上げた。

「何言ってるの、先生らしくない。そういう考え方はマッチョすぎるわよ。子どもを預けて仕事すればいいじゃない。子どもがいたら大変な仕事はできないの?」

　ふふ、と吉川は笑って続ける。

「ちょうどいま三年生にやってもらってる今回の看護研究、それがテーマなのよ。子どもを持つナースの就労状況を調べてて」

「ふうん、それ、どんな結果?」

「やっぱりね、子どもが小さいうちに離職しちゃう病院勤務のナースは多いわよ。まあそりゃ超過勤務《ちょうかきん》も夜勤もあって、自宅に持ち帰る仕事もあって、だからしょうがないけど」

　吉川はたしか子どもがいないどころか、結婚もしていなかったはずだ。それをいま口にするのは、デリカシーがなさすぎるだろうか。でも、なぜそんなテーマで研究をしたのか、聞いてみたい。

「そう」

「あれ、先生、興味ある?」

「いや、別に」

　雨野が聞き耳を立てていたら嫌だなと思い、ちらりと見るが、独り言を言いながら薬かなにかの日数を指折り数えている。

「じゃ、お疲れ。雨野、お先」

そう言うと、足早にナースステーションをあとにした。

東凱のところに顔を出そうか迷ったが、もう時間も時間だ、また明日にしよう。

*

「メス」

翌朝、手術台の上に横たわるさとみの右に執刀医の自分、左に第一助手の岩井とその隣の第二助手の雨野で始まった手術は、困難を極めた。

やや褐色を帯びた黄色の内臓脂肪がやたら多いだけでなく、かつてないほどに脆いのだ。長い鑷子でつまんで引っ張るとすぐにちぎれてじわりと出血をする。それを止めながらやっていると、まるで手術が進まない。

「もうちょっと落ち着け」

「はい」

患者をはさんで向かいに立つ岩井にたしなめられる。何も声を出したわけではない。

だが、鉗子《かんし》や電気メスの動きで、苛ついていることに気づかれている。

カモノハシのくちばしのような形状をした左手の鉗子の先で、腸から垂れ下がる黄色い脂肪を引っ張る。すぐにちぎれ、みるみる赤い血がにじむ。

「いいか、強く引っ張っちゃ駄目なんだ、こういう患者は。この人、肝臓悪かったっけ？　それか、ステロイド飲んでる？」

「いいえ、どちらもありません」

余裕のない自分を庇《かば》うようにして、雨野が代わりに返答した。

「じゃあおかしいなあ。こういうこと、あんまりないんだけど」

他人事のような岩井の発言にさらに苛つく。だが、誰に責められているわけでもない、ただ組織が脆い患者の手術をしている、それだけだ。マスクの下で鼻から大きく息を吸い込み、口から吐く。二度続けると、少しは気持ちが落ち着いた。

「あと、よろしく」

「はい、ありがとうございました」

あとは皮膚を縫うだけ、というところに到達し、岩井が手術台から離れながら手袋を取る。ちらと壁の電子文字を見ると、5：12と表示されている。五時間以上もかかったのか。標準的には三時間程度、自分のアベレージでは二時間半で終わることを考えると、倍以上もかかっている。

力を入れすぎてしびれてしまった左手の親指を、鞭打つようにぐっと握り込み、皮膚を縫っていく。

「いやあ、大変でしたね」

患者の股の間に立って助手をしていた雨野は岩井のポジションに移動すると、嬉しそうに言った。

「うん」

「なんででしょうねえ、あんなに組織が弱かったの。議員だから、かな？　そんなわけないか」

和ませようとして言っているのだろうが、返事をする気力も残っていない。

どんなに脆い脂肪でも、岩井が執刀医だったらあっさりと三時間で終えただろう。そう考えると、まだまだ自分の技術は甘い。こんなところで足踏みをしている場合ではないのだ。もっと、もっと高みに上らなければ。

急に雨野が口を開いた。

「……この人、術後、食事出すのちょっと遅らせます？　あれだけ脆いんで、縫合不全《リーク》の可能性もありそうですし」

「ん？　ああ」

急に言われて一瞬戸惑ったが、言われてみれば妙案だ。

「ま、経過見ながら」

言葉少なになってしまうのは、明らかに岩井の影響だ。最小限の単語だけで伝えようとするのは、いかにも外科医っぽいと我ながら思う。

「了解です！」

そうだね、それはとってもいいアイデアだ、でも術後の経過を日々見ながら慎重に検討しよう──そんな内科医みたいなこと、回りくどくて言っていられない。外科医は多忙で、一瞬にして大量の情報を伝えねばならないのだ。

「ありがとうございました」

縫い終えてそう言うと、急に全身が重く感じられた。五時間の疲労は、まだ若い肉体にもしっかりと押し寄せる。

ガーゼで腹を拭いている雨野に、

「あと、よろしく」

と告げると、ブルーの手術用ガウンを破り脱ぎ、手術室を出た。

＊

その日、雨野と凜子とともに夕方の回診を終えたときには、もう夜八時を回っていた。医局へと戻ろうとすると凜子に呼び止められた。

「先生、お疲れ様ですぅ」

凜子はこの三月に研修医を終え、結局外科医を選択して、四月から牛ノ町で働いていた。新人のわりにはずいぶん小慣れた装いだ。臙脂色のスクラブ上下に首から何やら高そうなレザーのネックストラップを掛け、その先に名札ケースと院内用ＰＨＳをつけている。白衣はほぼ着ず、何色かのスクラブを着回しているようだ。

「おつかれ」

凜子が直接私に話しかけてくることはほとんどない。日常業務のこと、たとえば点滴や薬の処方などといった相談は、基本的に二学年上の雨野に聞くし、治療方針などといった重大な事柄も、雨野を通して尋ねられる。

「ちょっとお話がありましてぇ」

そう言う凜子の目を見る。だいぶ増量しているだろう睫毛は、マスカラでしっかりと束になってぐいと上を向き、アイラインも濃く塗られている。大きな二重のまぶたに塗られたブラウンのマスカラは、もともと大きな目をさらに大きく見せる。

本当に潤んでいるのか、そう見えるなにかをしているのか、この子の瞳はいつも少女漫画のような光沢をたたえている。

なに、とここで返答するような内容ではなさそうなのは、凛子の硬く結ばれた唇から察した。

「医局、行こうか」

「はい」

凛子は、キーボードを叩いてなにやらカルテに入力している雨野に「ちょっと佐藤先生と医局行きます」と告げ、あとをついて来た。

ナースステーションを出てエレベーターホールへ着くと、先回りした凛子がさっとボタンを押した。こういうところは、見た目にそぐわず体育会系なのが不思議だ。

エレベーターはまだ来ない。点灯する数字を睨みつけつつ、重い沈黙に気づかないふりをする。凛子が隣で体を硬くしているのが伝わってくる。

エレベーターが来て扉が開いた。誰か乗っていてくれ、という願いは届かず、がらんとした空間だけが二人を出迎えた。

こちらからなにか尋ねるべきかと思うが、九年目の自分が、三年目に直接話すことが思いつかない。逆もまたそうだろう。ということは、凛子が相談したいのは、二人の数少ない共通点、つまり女性医師であるということにからんだ話だろうか。

生理が重く、オペの日がつらい。将来結婚したいが外科医の生活と両立が難しそうで不安だ。雨野との関係に悩んでいる。岩井が怖い……。

——めんどくさい。

そんなことより、今日苦戦した手術の振り返りがしたい。手術ビデオを見ながら、ここはこうじゃない、こうすればもっと早かったなどと、一人反省会をしたいのだ。

後輩医師のフォローも業務の範疇《はんちゅう》であるということは、頭ではわかっている。だが、そこに女性特有の要素が入ってくるとしたら、本当に面倒だと思う。自分はそういうことは、誰の助けも借りず、すべて一人で解決してきた……。

あれこれ考えながら、結局、医局に着くまで一言も口を開かなかった。

医局の壁の、白地に黒という、いまどき学校でも見ない無機質な時計は、八時一五分過ぎを示していた。こんな時間だからか、医局にはもう人がいない。個別に話をするのには好都合だ。

「奥のソファのところに行こうか」

ソファに腰掛けると、凜子は向こう側に座るやいなや話し始めた。

「あの……」

小声で聞こえない。

「実は……」

意を決して話しかけてきたわりには、ずいぶんおっかなびっくりだ。

「なに？　聞こえない」

「……ないんです」

「え？」

「生理が、来ないんですぅ」

「は？」

何を言っているのだ、この子は。

「あの、実は一カ月も遅れていて……」

「……それで？」

「えと……心当たりは……あるんですが……」

心当たり？　どういうこと？

「ちょうど三カ月くらい前、そういうことがありましてぇ」

「え、あ、まさか、妊娠？」

大きな声を出してしまい慌てて周囲を見渡したが、誰もいないのはさっき確認したとおりだ。

「……かも、ですぅ」

「え、マジ？」

相手は？　と言いそうになったが、そんなこと聞いてもいいものだろうか。

「はいぃ。それで、どうしようかなって困っちゃってて……」

仕事はできる、手術もうまい、おそらく頭もいいこの子は、しかしこの事態にはまったく対応できていないようだ。

「相手……わかってるということだよね？」

遠回しに尋ねるしかない。

「もちろんですぅ。ちょっと前からお付き合いしている、だいぶ歳上の方ですぅ」

たしか昔、研修医としてここに入ってきた頃、教授の元彼氏がいるとかなんとか言っていたような記憶がある。歳上好きなのだろうか……いや、そんなことはどうだっていい。

いま考えるべきこと、それは、凛子はなぜ私にこんな重大なことを打ち明けてきたのか、だ。

私が苦手な、あの、女性によくある「共感」を求めている？　そんなはずはない。日頃話もしない上司にそんなことは求めないだろう。

となると、解決方法とまではいかなくても、対処法について相談しているのだろう。もし妊娠ということになれば、出産か中絶かの二択しかない。どちらにせよ仕事は休む必要があるから、ということは——

そこまで考えて、大切なことを思い出した。

「なにか検査、やった？」

「それが……やってないんですぅ。病院で妊娠反応《ニンハン》なんか受けたら、みんなにバレちゃいそうで」

たしかに、女性医師が尿の入ったコップを持って院内をウロウロしていたら、勘のいい人は気づくに違いない。

「薬局の検査薬は？」

「いえ、やってないですぅ」

医者だというのに、それさえやっていない。それでいて相談するとは、よほど狼狽《ろうばい》しているということか。

「じゃ、まずはそれやろうか」

まだ妊娠と決まったわけではない。若い女の生理が遅れることなど、よくあるのだ。まして外科医で、当直も月に六、七回はやっているだろうハードワークの凜子であればなおさらだ。

自分だって、患者の急変が続いて何日も病院に泊まり込んだり、当直が荒れて徹夜の勤務のあとに七時間のオペを執刀したりすると、簡単に遅れてしまう。

学生時代は四週おきに計ったように来ていたが、外科医になってからは狂いっぱなしだ。そうだ、一度産婦人科医の鷹子に相談してみようかと思っていたのだった。

「私もよく遅れるから、この仕事だと。ま、とりあえず市販薬で調べてからまた考えようか」

そう言うと、凜子は少し安心した表情で、

「今日、帰りに買ってやりますぅ」

と言った。

「じゃ、私調べ物があるから」

そう言うと、凜子は頭を下げて席を立った。

人気《ひとけ》のない医局を歩いて自分のデスクに戻り、一律支給されている赤い椅子に腰掛けると、背もたれにもたれて一息をついた。これは、なかなか予想外の話だった。もし陽性だったらどうするか。産むか産まないか、凜子は考えなければならない。あの口ぶりだと、相手は既婚者のような気配もある。だとすると話はややこしい。
産まない選択をした場合、もう子どもではないので自分で対処して、どこか別の病院で処置を受けることになるだろう。
さすがに岩井くらいには言う必要があるだろうが、病院には数日の休暇を取るということだけでいいだろう。仕事にそれほど大きな穴は開かない。雨野もいるし、オペだってなんとかなるはずだ。
パソコンを開き、なんとはなしにメールをチェックする。嘘なのはバレバレだったと思うが、調べ物があると言ってしまった以上、一応その素振りは見せなければならない。
医療サイトからの宣伝メールのタイトルは、どれも馬鹿馬鹿しいほど煽情的だ。
[8年目、医局を辞められません]
[性犯罪歴のある医師の働き口]
[こんな患者はイヤだ]
くだらない、と思いつつもつい画面をスクロールして見てしまう。
[障がい児を持った外科医の転身]

というタイトルに目が留まった。そういえば、今日の手術患者であったさとみは子が障がい児だと聞いた。シングルマザーだとも言っていた。

入院中、子どもはどうしているのだろう。親か、どこかに預けているのだろうか。そういうのは政治家だからなにかうまいことできるんだろうか。それくらい、尋ねておくべきだった。どれくらい早く帰りたいか、という治療にも関わる大切な情報だ。

スムーズに行けば一〇日以内には帰れるはずだが、体調が不完全なまま早く帰ってしまうと、手のかかる子の面倒を見なければならず厳しい、ということもあるだろう。術後、合併症が起こらないことを願うばかりだ。

迷ったが、「障がい児を持った外科医の転身」という記事は読まなかった。理由は、自分ではわかっている。

デスクの上に朝から放置されたままのペットボトルのジャスミン茶を手に取ると、勢いよく三口飲む。渋みに近い苦みが広がり、同時にジャスミンの香りが鼻に抜ける。

背もたれに寄りかかる。ちらと右隣を覗くと腎臓内科医である片野《かたの》はとっくに帰ってしまったようで、何もないデスクの上にＰＨＳとネームホルダーがきちんと並べて置かれ、椅子の背には高級ブランドが出している男性用の長い白衣が掛けられている。

私より遅くまで医局にいるところを見たことがない。子どもが小さいから早く帰るんです、と四月の歓迎会のときに話していた記憶がある。

家庭ではきっと良い父親なんだろう。透析を担当するおかげでおそらく高給取りだろうし、残業はほぼなく、呼び出しなどまずない生活。あの会のときには「文京区のマンションのコスパがいかに良いか」について熱弁を振るっていた。

腎臓内科医になっていたら、自分もうまく家庭を築けていたのだろうか。凜子にも、もう少しマシな対応ができたのだろうか。

――どうにも、考えることが多すぎる。

ただ私は、外科医になって、専門領域である手術の技量を上げたい。ただ、ただそれだけだ。なのに、なぜこれほどいろいろなことを考えなければならないのだろう。

パソコンを閉じると、もう一つため息をついて帰り支度を始めた。

Part 5 愛しい人

部屋の扉を開けると、一日そこに籠もって冷やされていた空気が玲を出迎えた。

「さむ」

独り言を言うと、口からの吐息を手にかける。

一人暮らしのこのマンションの部屋は、入ってもう八年になる。内装は白とベージュを基調にしたいまっぽい雰囲気なのだが、築三〇年という古さからか、外気の遮蔽《しゃへい》がいまいちなようで、冬は寒く夏は暑い。

玄関に入ると、茶色い明かりの下で、足首が隠れる丈の黒いブーティーを脱ぐ。カシミアのコートから腕を抜きながら短い廊下を進む。冷たいフローリングを踏んで、足をすっぽり包むスリッパを買おうと決意する。

奥の左の扉からリビングに入り、すぐ脇のボタンを押すと部屋が暖色に照らされた。

コートを背の高い木製のコートハンガーに引っ掛け、ソファに腰掛けることなく小さいキッチンで手を洗う。

帰りのタクシーの中で、今日はラタトゥイユにすると決めていたのだ。もう、コンビニで買ったものを四日くらい連続で食べている。そんなものばかり食べていては、おかしくなる。

冷蔵庫から玉ねぎ、ナス、パプリカを取り出す。ズッキーニはなかったか。引き出しには、味の素の顆粒《かりゅう》タイプのものがあった。

前に親が送ってくれていた洒落たトマト缶があったはずだ……と下のほうを探るとあった。一見、小学生が描いたようなトマトの絵柄だ。学生時代から使っている一人用の鍋を取り出して、コンロに火を点ける。

チッチッチッ、ボウ。

切った野菜をオリーブオイルで炒める。野菜に火が通る前に、ソースにするトマトを電子レンジで温めておきたい。缶を手に取ると、缶切りが必要なタイプであることに気がついた。

缶切り。いつから見ていないだろうか。きっとある。たぶん、ある。

シンクの横の備え付けの引き出しを一つずつ開けていく。おたま、トング、菜箸、料理用のハサミ………ありそうなのに、缶切りはどこにもない。ならば代わりに十徳ナイフのようなものはなかっただろうか。

次の引き出しを開けて、思わず声が出た。

「これ……」

深い緑色の、金属製のワインオープナーだ。

いつだったか、渋谷春海と日帰りで行った軽井沢の雑貨屋で見つけ、渋谷が買ってくれたのだ。なんとかというイギリスのデザイナーが作ったとあり、フクロウのような猿の顔のようなデザインが気に入って見ていたら、「買ってあげるよ」と言ってくれたのだった。もう五、六年前になる。

買ってもらってかなり嬉しかった。大切にするね、などと言ったわりには、自宅でワインを飲む習慣がなくて、めったに登場しなかった。何度か、渋谷がこの部屋に来たときに、渋谷が持参した白ワインを開けたくらいだ。

こんなところで見つけられるのをじっと待っていたの、などと思わず話しかけたくなる愛くるしい目つきのデザイン。

買ってもらったとき、そして使ったとき、私は幸せだったんだろう。仕事は当時も忙しかったが充実していたし、渋谷との関係も自分としては満足していた。将来のことなど考えていなかった。二人とも若かったのだ。

春海くん、と呼ぶと、なに、玲ちゃん、と返してくれた。ままごとのようだが、それだけでよかった。

あのまま、先のことを案じたりせず二人の関係が続けば、それはそれで幸せだったのだと思う。

渋谷が海外へ行くことを決めなければ、すべてがうまくいったのではないか。私は忙しいままだけれど、たとえば週末婚などという形にして、平日は別々に暮らし、週末だけ会う。そんな未来を消え去らせたのは自分じゃない、向こうだ。彼は自分のキャリアを優先した。

――優先？

そう、私との未来より自分の研究者としての出世を優先した。それだけだ。

鍋からくつくつと音がしてきた。野菜はもう煮えているようだ。

結局、缶切りがどこにもない。だったらこのままトマト抜きで食べればいいか、と開き直る。まったく、これではコンビニ弁当のほうがまともなくらいだ。

食卓塩と書かれた小瓶の赤い蓋を開け、鍋にひとふり、ふたふりし、火を止める。

もう、あの人のことを考えるのはよそう。付き合った一〇年という時間は決して短くはない。だが、月に一回かそれ以下という会った頻度で考えたら、その辺の同棲歴二、三カ月のカップルぐらいのものではないか。向こうには向こうの、こちらにはこちらの人生がある。ありきたりな言い方だけど、線路のようにどこまで行っても交わらなかった。それだけのことだ。

野菜を皿に盛り、さらに塩とコショウをふる。フォークとともにテーブルへ持っていく。

静かな室内がなんとなく落ち着かない。テーブルの上のテレビのリモコンに手を伸ばした。ちょうど一〇時になったところのようで、コマーシャルが終わりニュース番組が始まった。

「こんばんは」

白いジャケット姿のニュースキャスターが深々と頭を下げるので、思わずこちらも軽く会釈してしまった。

玉ねぎにフォークを刺し、持ち上げると、ふわりと湯気が立ち上る。まるで電気メスで皮膚を焼いたときのようだ。一口で頰張るとまだ熱いが、薄い塩味がちょうどいい。缶切りはなかったが、これで十分に美味しい。

テレビでは、さきほどのキャスターが深刻な顔で、「三七歳の男性医師が、強制わいせつで逮捕されました」と告げていた。医師の私がたまたまテレビを点けたら、医師の起こした事件をやっているというのは、いったいどういうめぐりあわせだろうか。

テレビはスウェット姿の男が歩いている映像を流している。名前も顔も出てしまって、この医者はこれからどうするのだろう。働き口はなくなるだろうし、たとえ無罪だったとしても、確定するまではひどい誹謗中傷に晒されるに違いない。

家族はいるのだろうか。テレビは執拗に男の顔をアップで流している。短髪でメガネをかけた男は、寝起きに逮捕されたのか、後頭部に少し寝癖があるように見える。

野菜をまた一口。すると、キッチンからスマートフォンの振動音が聞こえてきた。あっちに置きっぱなしにしてしまっていたようだ。

フォークを置いて立ち上がる。この時間の電話は、病院からしかない。画面にはやはり病院の代表番号が表示されていた。

「はい、佐藤です」

「先生！　すみません！」

電話口で凜子が叫んでいる。なぜ雨野や看護師ではなく、凜子から電話が直接来るのだ。

「なに？」

「今日のオペの、あの人、議員の人、血圧が急に下がりまして、意識《レベル》も悪くなっちゃいましたぁ」

要領を得ない説明だ。患者の名前すらすぐに出てこない。聞きながら部屋を見渡し、バッグを手にして玄関へ向かう。

「雨野は？」

「それが、今日はバイトの当直なんだそうですぅ」

そうだった。埼玉の病院の日だった。

「わかった、急いでそっち行くから。バイタルは？」

話しながらさっき脱いだばかりの靴を履くと、扉を開けた。


病院に到着すると、医局にはよらずまっすぐに病棟へ向かう。エレベーターは幸いすぐに来た。

小走りでナースステーションへと行くと、ベルの音のようなアラーム音だけが鳴り響いていて、誰もいない。みな、さとみの病室に行っているのだろう。

急いでさとみの個室に行くと、扉は閉まっていた。勢いよく扉を開ける。

「えっ！」

真っ先に目に飛び込んで来たのは、さとみのベッドの頭側に立つ、病院指定のパジャマ姿の東凱だった。なぜ東凱がこんなところにいるのだ。

「遅かったな」

言いながら東凱は左手にマスクを持ち、右手はラグビーボールのようなバッグを揉《も》んでいる。バッグ換気をしているのだ。患者の呼吸が停止してしまったとき、無呼吸による死亡を防ぐためにやる一時的な人工呼吸だ。

部屋にはほかに患者の足で採血を試みている凛子と、それを手伝っているナース、そして記録しているナースが一人いた。

「先生、なぜ……」

「隣の部屋で寝てたらこの子が大騒ぎしていて飛び起きたよ。俺はいちおうまだここの非常勤医師だから問題ない。詳しい話はあとだ」

すぐには要領を得ないが、そう言われればそうだ。まずはこの危機的状況をなんとかしなければ。

「西桜寺先生、いったん手を止めていいから説明して」

「は、はいぃ」

乱れた髪をゴムでまとめもせず、茶色がかったパーマの髪を手でかきわけると凛子は話し始めた。

「看護師さんに電話で呼ばれたのがちょうど一時間半前ですぅ。血圧が80を切っているってことで、とりあえず点滴を一本全開で入れてもらって、採血をしてもらっていたら意識が悪くなって、呼吸がおかしくなってきて、酸素飽和度が九二パーセントまで下がったので、酸素マスクをつけましたぁ」

いつもよりハキハキと話す。

「大きい声で猪頭さん、猪頭さんって肩を叩いて意識レベルを確認していたら、隣の部屋にいた東凱先生が来てくれて……」

「ちらっと覗いたら、意識《レベル》は三桁だし、自発呼吸は危ういんでバッグ換気始めたとこよ。この子はバッグ換気をまだやったことないって言ってたからな。入るなり、トウガイ先生！　って叫んでくれたのは嬉しかったよ」

こんな状況でも軽口を叩く東凱のおかげで、張り詰めた部屋の空気が緩むのを感じる。

やっぱり、東凱はすごい。

「先生、ありがとうございます。原因は……」

「わからん。ひとまず挿管は必要だからICUに電話しな」

なにがあったのか。手術にミスはなかったはずだ。ベッドのまわりにぶら下がっているいくつかの管に目をやる。尿は出ていない。手術からお腹の中に入れてある管《ドレーン》は特に変わりなく、薄い黄色の液体だけが出ている。となると、なんだ……。

ふっと血の気が引いてくる。

「佐藤！　原因はいいから、いまは呼吸と循環の管理だ」

ハッと我に返った。

「まずICUに電話。そしてここで昇圧剤の指示も出せ。看護師さん、挿管するから準備して。新人さんは動脈血ガス取ろう」

東凱はテキパキと指示を出していく。なぜだ。何があった。どうしても原因を考えてしまう。それでもなんとか脇の台に置かれた凜子のPHSを手に取ると、履歴にあったICUに電話をかけた。

二時間が経った。玲は凜子と二人、ICUに運ばれたさとみの、薄暗いベッドサイドに立っていた。

「先生、あとわたし、見ておきますぅ」

モニターを睨みつけていると、凜子がおそるおそるといった調子で言ってきた。なにを言っているのだ、執刀医である私がここから離れるわけにはいかない。新人に任せるなんてあり得ない。そう一喝しかけて、思い止まった。

「先生はとりあえず仮眠室で休みな。私は主治医だから」

主治医だから、のあとが続かない。

「じゃあ、私もいますぅ！」

凜子が大きい声を出した。先ほどの急変対応といい、この態度といい、なかなか気合いが入っている。

「……勝手にして」

そうは言ったものの、黙って二人で見ているわけにもいかない。口からチューブを入れられたさとみの顔は穏やかで、刻一刻と変化する波形や数値を示すモニターからは、「全身状態の安定」を十分に読み取れた。

「あっち、座ろうか」

ナースステーションの中、といっても低い囲いがあるだけで、ベッド上の患者もモニターも見ることができる。照明を暗くしているベッドサイドと違い、こちらは白熱灯が煌々《こうこう》と眩しい。

「やっと落ち着いたね」

パソコンモニターの右下に小さく「2：43」と表示されている。後ろでは、夜勤の看護師が一人点滴の準備をしている。

「で、なにがあったかって話だけど」

凜子は神妙な面持ちで次の言葉を待っている。

「肺塞栓症《はいそくせんしょう》、ここまでひどいのはなかなかない。もともと血栓のリスクは高い人だったけど、もう少し身がまえておくべきだったかもしれない」

言いながら、言い訳だな、と感じる。自分が執刀した患者の急変で、ここまで本格的なケースは初めてだった。事前に想定していたかどうかは関係なく、自分はただ動揺していたのだ。

「血栓症のリスクってどんなものか知ってる？」

不安を打ち消すように、なにかをごまかすように質問をする。

「ええと、喫煙、肥満、あと糖尿病、それから……長時間手術、でしょうか」

パッとこれだけ答えられるところ、やはりこの子は優秀だ。

「そう。一番大切なのは、過去の血栓症の既往」

「あぁ、忘れていましたぁ」

地頭が良いのだろうが、研修医になってからもずっとしっかり勉強しているに違いない。

「先生、あとぉ、猪頭さんってピル飲んでますよねぇ。これもリスクですか?」

言われてハッとした。そうだ、さとみは低用量ピル、つまりいわゆるピルを内服している。

「そうだね。よく気がついた」

この薬は血栓ができる危険性が上がるため、手術前四週間は服用を止めなければいけない。だが、今回は待てない病状であり、ほぼ四週間前から飲んでいなかったということで手術に踏み切ったのだった。

凜子は知識も幅広く、医師として明らかに優秀だ。

深夜のICUは、少し照明を落としている以外は日中とそれほど変わらない。静けさの中で、四人の患者のモニター音と、時折聞こえる人工呼吸器のアラームだけが響く。

「この人はおそらく、手術後、足に血栓を作ってしまっていて、それがなにかの拍子で静脈を伝って肺まで飛んだ。それで、一気に酸素化と意識が悪くなった。わかる?」

話しながらマウスを操作し、CT画像をモニター画面に表示させた。黒い背景に点々と、樹の幹のような白く細い線が広がっている。

「ここまで、肺がやられているの。こんなにひどいのはめったに見ない」

「そうなんですねぇ」

「重要な合併症だから、常に念頭においといて。術後患者で呼吸状態が急に悪化したら、肺塞栓の可能性を忘れちゃいけない。そのとき、やることは？」

　こんな時間だが、流れでレクチャーが始まってしまった。

「ええと、まずはバイタルを確認してぇ……」

「それから？」

「いまは、上の先生をすぐに呼びますぅ。でも、いらっしゃらなかったので、今日は酸素マスクをつけて、採血をして、ってしてましたぁ」

「うん、いいと思う。Eコールを鳴らしても悪くはない。どうせ夜中だから当直医くらいしか来ないけどね」

　Eコールとは、院内でなにか危機的状況がとつぜん発生したときに行う、緊急の院内放送だ。これが流れると、手が空いている医師と看護師は全員走って参集することになっている。

「それにしても、今日は東凱先生がいて本当によかった。急場が凌《しの》げて。あとは血栓がどれくらい溶けるかってところだからね」

「本当ですぅ。わたし、パニクっちゃったんですが、東凱先生はぜんっぜん慌てず、すごく冷静に対処してくださいましたぁ」

東凱は、さとみをICUに運んだあとだいぶ疲れた顔で自室に戻って行った。昨日から調子が悪いと言っていたから、心配だ。

「でも、基本的にあんな上の先生がすぐ捕まるってことはそうそうないからね。だから、バッグ換気は、これからまたしっかり習って」

教えているようで、これは自分で自分の頭を整理しているのだ、という気がしてくる。自分の手技が原因じゃない、これはミスではない、と。

「はいぃ。がんばりますぅ」

そのことに気づいてしまうと、レクチャーを続ける気がなくなってしまった。

――なんだ、これは。

私はただ、自分の手術の技術を磨きたいだけなんだろうか。患者を治すんじゃなくて、ただ手技を向上させたいと思っているから、今回のことが術後の出血などではなくて肺塞栓症だと知って、ほっとしたんじゃないだろうか。

二人はしばらく黙ってCT画像を見るでもなく見ていた。

「佐藤先生」

凜子がまっすぐな視線を向けてくる。この子は、こんな時間でもしっかりまつ毛が上がっている。メイクではなく、パーマか、エクステンションでもつけているのだろうか。

「なに？」

「あの、こんなときにアレなんですが、その、さっきご相談したこと……」

一瞬、なんのことかわからなかった。が、すぐに思い出した。

「ああ、あれ」

下手に尋ねるより、凜子が切り出したのだから言葉を待った方がよさそうだ。

「実は、あのあとすぐに生理が来まして……本当にすいませんでしたぁ」

頭を下げる。

「いや、それならよかったね」

取り越し苦労だったか。

「すみません」

すっかり恐縮する凜子に、思わず笑ってしまう。真夜中のＩＣＵでする話でもないが、こんなことでもないと、私と二人になる機会などない。なかなか言い出すタイミングがなかったのだろう。

「大変だね、女ってのは」

言ってから、自分の言葉があまりに他人事のようで驚いた。これではまるで、私は女ではないみたいではないか。

「ちょっと休もう、明日も朝オペだから」

「はい！　先生、本当にありがとうございますぅ」

満面の笑みを浮かべる凜子は、顔だけ見ていると幼い後輩医師にしか見えないが、たとえば恋愛なんかで言ったら、自分より先輩なのかもしれない。今回の件でも、自分より人生経験が豊富になったのではないか。

いや、そんなことは、いまはどうでもいい。とにかくさとみを回復させることだけだ。

ＩＣＵの自動扉が音を立てて開くと、二人は暗い廊下に出た。

＊

硬い。硬い。腰が痛い。

うっすら目を開けると、一瞬どこにいるかわからない。狭い部屋。壁の上と下から漏れ入る人工的な光。狭いベッド。ビーズの枕。

玲は女性医師専用の仮眠室にいた。医局のすぐ隣に、三室だけ配されているこの部屋は、一部屋あたり二畳あるかどうかのスペースにシングルベッドが置いてある。きれいに掃除をしてくれているようだが、どことなくカビ臭い。

手元のスマートフォンを見ると、06:02とあった。あのあと、化粧水がないから家に帰るという凛子と別れてここに来て、この硬いベッドに横になったらそのまま吸い込まれるように眠ってしまった。

ここに来たのは三時頃だったろうから、三時間は寝た計算になる。これなら今日は大丈夫だ。

とはいえ体のあちこちが痛い。ベッドのせいか、激務のせいか。どっちだっていい。シャワーを浴びて新しいスクラブに袖を通すと、すぐに足が向くのはICUだ。

さとみは目を瞑ったまま、機械的に胸を上下させて呼吸をしている。鎮静剤を多めに投与して人工呼吸器に完全に乗っている状態にしたのは、まだ酸素化と血圧が不安定だからだ。

モニターの酸素の数値は悪くないから、これから少しずつ薬を減らして、目を覚まさせていけるだろう。

凛子はまだ来ていないようだ。雨野だったら注意するところだし、雨野だったら来るだろう。だが凛子はまだ新人なのだ、そこまで要求することはない。

病棟へ行く。驚いたことに、凛子がナースステーションの席に座ってパソコンに向かっていた。

「あっ、おはようございますぅ。昨日は本当にありがとうございました」

昨夜ＩＣＵで見た大きな目でこちらを見据え、凛子は頭を下げた。

顔も髪もきちんと整った、いつもの凛子ではないか。いったい何時間寝たのか。睡眠時間をどれだけ削って化粧をしたのだろう。まだ濡れている自分の髪と、すっぴんの顔が恥ずかしくなる。

「早いな」

「ええ、当たり前ですぅ。患者さんのその後が気になって。でも、血圧もよいですし、動脈血ガスの酸素の数値もよかったですぅ。この状態って、先生、抜管を目指すんですかぁ？」

朝から鋭いところを聞いてくる。

「そうだね、徐々に鎮静《セデーション》を漸減《テーパリング》して、自発呼吸を出していってよさそうだ。肺炎なんかも被《かぶ》っていないだろうしね」

話しながら、もしかするとこの子の臨床能力は三年目くらい、いやそれ以上かもしれない、と思う。

凛子の隣の、電子カルテのパソコンの前に座ると、二三人いる外科患者全員の「温度板」を一人ずつ見ていく。パッと表示されるグラフには、ここ五日分の体温や脈拍、血圧が折れ線グラフとして記されている。

その下には、まるで緻密に打ち込まれたエクセルシートのように尿量や食事量の数値がずらりと並ぶ。一〇以上の数値を、一人当たり一〇秒ほどでチェックしていく。

そうして、「熱が出ている」「尿量が少ない」「食事量が少ない」など発生した問題に対して一つずつ対応を考えていく。熱が出たら採血や尿検査、レントゲンやCT検査を追加するし、回診のときに重点的に話を聞くようにする。尿が少なかったり食事が減っていたりしたら、点滴を増やすようなことを考えていく。

朝一番の温度板を見る四、五分が好きだ。ここで頭をフル回転させ、データを覚える。その上で、患者のところを回診しながら、診察を加えていくのだ。

それなのに、どうしても「次患者へ」のボタンをクリックする手が止まってしまう。東凱の温度板だった。

熱こそないものの、食事量はずっと〇から多くても三割程度だ。腹の痛みを示すNRS（Numerical Rating Scale）は、もっとも軽い〇点であることはほとんどなく、四から五点、悪いと最高の一〇に近い八点にまで上がることがある。

痛みが強いときには「レスキュー」と呼ばれる、即効性の鎮痛剤である麻薬をスタンバイしており、いつでも飲めるようにはしている。レスキュー自体を使う回数もここ五日ほどは一日五、六回と増えてきた。

そろそろベースとなる麻薬を上げなければ、つまり増やさなければならないかもしれない。それは、確実にその時が近づくことを意味した。

「ざっと回診《ラウンド》しようか」

今日は雨野がバイト先から出勤してくるので、到着はどうせ八時過ぎになる。それまでに回診して、注射や処方、検査の追加など、一通り病棟の仕事を終えていたい。

「わかりましたぁ」

凜子のこの気の抜けた喋り方だけはどうにかならないか、と思うが、まあこれはこの子の持ち味だ。上司や看護師から見たら、私も一癖あると思われているはずだ。余計なことは言わないに限る。

一部屋ずつ、四人のベッドを順に回っていく。患者のいる病室は、中央のナースステーションを囲むようにコの字型に並んでいて、一番端の部屋から始まり、だんだんとナースステーションに近づくにつれて患者の重症度が上がる。

もっとも不安定な病状あるいは認知症などで目が離せない患者は、ナースステーションの目の前の「リカバリー室」に入れられる。そこを過ぎると、また軽症であったり退院が近かったりする患者の部屋となり、最後には三室の個室が並ぶ。

個室のうち一室は空いていて、もう一つはさとみの部屋だった。その隣の扉をノックする。

「失礼します」

入ると、ベッドの上のその男はまだ寝息を立てていた。昨夜の奮闘で疲れ切っているらしかった。

「起こさないでおこうか」

振り返り、小声で凜子に退室を促すと、後ろから声がした。

「おお、その後どうよ」

「すみません、お休みのところ」

東凱は目をこすりながら、上体を少し起こした。

「東凱先生、昨日は本当にありがとうございました。おかげさまで、患者さんはICUで落ち着いています」

「そか、よかった」

優しげに微笑む東凱の顔を見たら、思わず口から出そうになる。先生、昨晩も素敵でした。もしかなうなら、そう言ってしまいたい。

「先生は調子、いかがですか」

うん、と言いながら体を起こそうとするので、駆け寄って背中を支えた。そのときふと、鼻になにかのにおいを感じた。

「けっこう悪いわ、ここんとこ。ま、だから入院したんだけどな」

東凱が入院したのは一二月のはじめだったから、もう三週間近くになる。その間、食事が取れたり取れなかったりで、点滴がやめられないのだ。

「あの薬、どうですか？」

数日前に、癌患者の食欲を増やす新しい薬を始めたのだが、記録を見るかぎり、それほど食事量が増えているわけではなかった。

「俺には効かんね、少なくとも。なあ、最近採血したっけ？」

「いえ、前回は一週間前になります」

話しながら、玲は上下の唇を合わせ、すうっとゆっくり鼻から室内の空気を吸い込む。このにおい。弱い酸味と、同じくらい微かな甘味が混じった、南国の果実の腐臭のような。

「じゃあ、そろそろまたせんとね。なんとなくぼんやりしてだるいけん、肝不全になりかけとる気がする。昨日がこたえたからなあ」

肝臓への転移がわかってから三カ月くらい、本人の希望でCT検査をしていないため、肝臓の転移巣がどれだけ大きくなっているかはわからない。

「昨日は遅かったですからね、そっちかもしれませんが。痛みはいかがです？」

肺と肝臓の転移によって背中の痛みが強くなり、医療用麻薬《オピオイド》を始めたのが先月だった。一二月に入院してから、量はちょっとずつ増えている。

「そうね、やっぱり痛い」

「もう少し、増やします？」

東凱はちょっと考えてから答えた。

「ああ、頼むわ」

「わかりました」

お互い言葉が少ないのは、きっと自分も東凱も同じ感覚だからだ、と思う。

少しずつ腫瘍が大きくなり、痛みが強くなるにつれ、鎮痛剤の量が増えていく。それがなにを意味するのか、どれくらいのスピードなのかを、専門家である東凱はじゅうじゅう承知だろう。

これから痛みは強くなり、腹水が溜まっていく。そのせいで腹が張ると食事が取れなくなる。やむを得ず腹に針を刺して腹水を一リットル、二リットルと抜いて、その度にまた調子が悪くなっていく。

螺旋《らせん》階段を一段ずつ降りていくように、なんというか、あとは悪くなるばかりなのだ。

それを本人が詳細に、映像にしてありありと思い浮かべられるくらいに把握しているというのは、天は無慈悲としか言いようがないではないか。

いや、東凱が医者として患者の状態を客観的に把握していることと、自らの身に起こることとして経験していくことの間には、もしかしたら差があるのかもしれない。それを本人に聞いてみたいと思うのは、医者としての科学的な好奇心か、それともただの残酷な興味なのだろうか。

「なにかありましたら、また言ってください」

「ありがとう」

いつも生き生きとして雄弁だったかつての指導医が、いまは言葉も少ない。

伝えたいことがある。だけど、伝えることなんてできない。

扉を閉めると、凛子に気づかれないように、そっとため息をついた。

来るべき時を、粛々《しゆくしゆく》とした態度で、淡々とした精神状態で迎える。病状の重い患者に対しては、常にそうするように努めてきた。誰かに習ったわけではない。この仕事を、外科医の仕事をしながら自然と学んできたスキルだ。

だが、今回ばかりはこの技術がうまく機能しそうにない。

病棟の廊下を歩きながら思い出す。これまで何度も嗅いだ、あのにおいを。

病棟に戻ると、ふたたび凜子と並んで電子カルテのパソコンの前に座った。普段は雨野がやる業務を行うためだ。

凜子は一気にカルテを書きつつ、点滴や処方を見ては不足分を出していく。横目で見ていると、とんでもないタイピングの速さだ。それに加え、処方も速く正確だ。

これなら、凜子に任せておけばいい。自分は今日の手術患者のＣＴ画像をじっくりと見返し、もう何度目かわからない手術シミュレーションを行うのだ。

＊

夕刻六時を過ぎ、ナースステーションでは日勤帯の看護師が徐々に帰り始めている。

雨野と凜子は、電子カルテのモニターになにやら胃カメラの画像を映し出し、議論をしている。

「じゃあ、今日は早めに帰るわ」

「わかりました、お疲れ様です」

昨日は急変があって病院に泊まったので、今日くらいは家で寝たい。そう思うが、考えてみれば凜子も夜中まで付き合わせてしまったし、雨野にしたって当直バイトで昨日は家に帰っていない。まあ、先輩の特権ということにしてもらおう。

着替えて病院を一歩出たところで、スマートフォンが鳴った。母からだった。

「もしもし」

「玲ちゃん？　私、お母さん。いまはまだお仕事？」

「いや、もう帰り」

「あのね、お父さんの退院が決まったのよ。今週いつでもいいんですって」

一二月の初めから入院していたから、かれこれ三週間になる。結局、あれから一度も見舞いに行けなかった。牛ノ町の当直に加えてバイト当直があり、週末がみんなつぶれてしまったのだ。

「そうか、よかったね」

母は埼玉の遠い病院までちょくちょく通っていた。父はたいした後遺症もなく、リハビリをして元気になっていっている……という情報は、四日に一回はかかってくる母からの電話で聞いていた。あの新庄とかいう脳外科医は、やっぱり腕がよかったのだろう。

「お母さん、やっとって思うと嬉しくて、嬉しくて……」

「ちょっとちょっと」

母が電話口で涙ぐむので、少し慌てる。

「泣かないでよ、めでたいんだから」

「そうだけど……寂しかったから、お母さん。嬉しいの、お父さんが帰ってきてくれて」

適当になだめて電話を切ったあと、もう暗くなった街をゆっくりと歩いた。

母は、どれほど父を必要としているのだろうか。結婚して何十年も経って、よくもとか、気持ち悪いとか思わないでもないが、この脳梗塞騒ぎではっきりした。母はいまでも父のことがちゃんと好きなのだ。

その事実は、母がお嬢様キャラクターであることを差し引いても、十分驚くべきことだ。人が、結婚して長く同居してからも、まだ恋人のように好きでいられるとは。

自分には、結婚する資格がなかったのだと思う。相手の人生を優先できなかったから、家庭的な幸せを手に入れることができなかったのだ。

渋谷はあれほど求めてくれたのに、私は、私という人間は、そういう幸福を差し置いて手術手技を磨くほうを取った。

そう思うと、急に寂しさが胸を突き上げてくる。彼は、どんな気持ちでアメリカに渡ったのだろう……。

そう思った次の瞬間に、玲の脳内スライドに浮かんだのは、痩せた東凱の顔だった。東凱は結婚することなく、このまま生涯を終えようとしている。いまごろ、外科病棟のベッドでひとり天井を見ているのだ。

渋谷には申し訳ないけれど、いま私の心の中に大きく存在しているのは東凱だ。


「居酒屋、いかがっすか」

客引きの若い男が声をかけてくる。右手で黒いダウンコートの襟元を寄せ合わせ、通り過ぎる。

自分が医者になって一年目、まさに右も左もわからないときに指導してくれたのが東凱だった。指導というより、世話という言葉のほうが正確かもしれない。

点滴の入れ方から指示の出し方、レントゲンや採血、CT検査、内視鏡検査など、ありとあらゆる仕事の作法を教えてもらった。当直も一〇回以上は一緒になった。ずいぶん親しい間柄になったと思っていたが、どれだけ長い時間を過ごしても、東凱との間にはいつもうすいヴェールが一枚あって、その半透明のヴェール越しに話をしているような感覚があった。

要は、東凱はいつも自分に対して一定の距離を保っていた。保つよう、心がけているようにも感じた。それが異性の部下への接し方だとでも言わんばかりだった。

長いキャリアの中で、女性外科医の後輩も育ててきたのだろう。中には失敗もあったのかもしれない。そして、あのような妙な距離感をキープするようになったのかもしれない。

研修医時代の自分は、あきらかに東凱が好きだった。渋谷春海という、それなりに付き合いの長い、れっきとした恋人がいたけれど、心の八割は東凱に奪われていた。ならば、二割は渋谷を思っていたのか……いや、そんなことはない。正直に言えば、毎日顔を合わせる東凱のことだけを考えていた。

自分の浮気心を諫《いさ》める気持ちはあった。だが、仕方ないと思う自分もいた。

私のように仕事に生きたい人間が、医者のなんたるかを叩き込んでくれた上に、目の前で惚れ惚れするような美しい技を見せてくれる上司に特別な感情を抱くのは、当然のことではないか。

そして、それを馬鹿正直に渋谷に報告するというのもまた、おかしな話だと思っていた。

ほんの一時の熱情。無人駅を通過する特急列車。

そういうものだとわかっていたからこそ、黙っていたのだ。ほんの一時の不実を「言わないでおく」という誠実さだってある。世の中の秩序を保つ上でも大切だ……言い訳じみた屁理屈が一〇〇も二〇〇も頭に浮かんだ。それは罪悪感の裏返しだとわかってはいたけれど。

東凱は大学に戻り、自分の前から姿を消した。東凱への気持ちも、散り散りになって音もなく消え去った。少なくともそう思っていた。

でもそれは違った。思わぬ形での再会。消えてなくなったと思っていた思慕は、灰色になった木炭のように、くすぶっていただけだったのだ。再燃、という医学用語が気持ち悪いほどぴったりはまる。

東凱が死に直面しているから、自分の心の中の燃焼温度が急に高くなっただけなのではないか。そんな思いもある。亡くなるから好きになる。そんなチープな話じゃないのか……。

上野駅の駅ビルが視界に入り、少しずつ大きくなってくる。両脇にいかがわしい店の並ぶこの小道はあまり通りたいところではないが、一番近道なので仕方がない。すでに酔っぱらったスーツ姿のサラリーマンらしい男性たちが、客引きの男と大声で話している。

玲は一つ、大きくため息をついた。温かさを帯びた息は白い形を作ったと思ったら、夜の空に広がりすぐに消えた。

＊

「失礼します」

ノックをして個室の扉を開けると、薄暗い部屋の中、東凱はベッドに横になっていた。

手術を終えて夕方にナースステーションに行くと、看護師の吉川から切羽詰まった表情で「東凱先生が呼んでいる」と言われ、一人で部屋を訪ねたのだった。何の用かと、吉川に聞ける雰囲気ではなかった。

「先生、いかがですか」

声をかけながら近づくと、またあのにおいが鼻を突いた。だんだんと強まっていく、あのにおい。

「ああ、悪いね」

わずかに顔を上げてそう言う東凱は、たしかに具合が悪そうだった。自分でベッドのコントローラーのボタンを押すと、背もたれを起こした。顔を少ししかめている。

「痛みます?」

「いや……痛いかな。痛くはないか」

迷うというよりは、判断がつきかねるようだ。薄暗い中でも表情を見たいと思い、顔を近づける。マスク越しに、少しにおいが強くなる。

「だるいですか？」

「うん」

もうできることはほとんどないとわかっている。それでも、患者と交わす会話でいつもやっているように、なんとか問題点を見つけ、解決策を探す方向に動きたい。

「悪いな、忙しいのに」

「いえ」

東凱が力のない目でこちらを見上げる。見下ろしているのもなんだかと思い、膝を折る。ベッドサイドにしゃがみこむ形になった。

「ちょっと、話そうと思ってな」

「はい」

なるべく体に負担をかけたくない。そう思うと、自然と返答が短くなる。

「前に、外科医にとって一番大切なこと、の話をしたろ」

あれはまだ寒くなり始め、冬の入り口の頃だっただろうか。この部屋で、東凱から投げかけられた問いかけが脳裏に蘇る。

「患者さんと真に向き合うこと、というお話でした」

「さすがは佐藤先生、憶えているな」

あのとき、たしかに東凱はこう言った。「これまで死んでいった患者さんの遺族に会いに行く」と。あれから二カ月くらいの間、東凱とその話をすることはなかったが、忘れるはずはない。

「会いに、行かれたのですか」

自分のメスで死なせた患者の家族。外科医として、最も会いづらい人々に違いない。

返事をする代わりに、東凱は少し目を細めるとまっすぐ前を見た。病室のクリーム色の壁を見ているようであり、ただ虚空《こくう》を見つめているようでもあった。

「三人だ」

さんにんだ、という音がほんの四畳ほどの部屋の中を波のように広がり、壁に吸い込まれていく。

「俺のせいで亡くなったのは三人だ。二組だけ、ご家族は会ってくれたよ。聞いてくれるか」

どうだったのですか、と尋ねる間もなく東凱は続けた。さきほどの顔とはまるで別人のように目を見開き、唇を湿らせている。

「一人は、九二歳になったばかりの直腸癌の男性だった。勢いあるおじいちゃんでな、この手術を受けて一〇〇まで生きるんだ、と術前に俺の外来で言っとった。術後は順調に行ったが、退院の前夜にひどい脳梗塞になって亡くなった」

九二歳という超高齢であれば、お腹の手術後に心臓や脳にトラブルを起こすことはある。そして、ひとたび発症してしまうと致命的になるのも、体力の蓄えが少ない高齢者ではよくあることだ。

「息子さんとお孫さんが会ってくれた。息子さんといったって六〇は過ぎているような人や。その人は、その方は、父は先生に切ってもらって本望だと思います、と言ってくれた。さらには、自分がもし同じ病気になったら先生に執刀してもらいたい、とおっしゃった。市役所の職員さんでな」

「そんなことまで……」

自分の父を死なせてしまった医者に、そんなことが言えるものだろうか。もし、父の脳梗塞治療がうまくいかずに亡くなっていたら、あの新庄という脳外科医に「自分のときも先生にお願いします」などと言えるだろうか。

病気のせいであって不可抗力だったとわかっていても、その医者のせいではないと頭では理解していても、自分だったら二度と会いたくはない。そう思う私は人間ができていないのか。それともそのご遺族が達観しているということなのか。

「ありがたい、と思うのはおかしいか。まあ死ぬ前の人間がそう言うならええやろ」

東凱はわずかに目尻に皺を作った。

「もう一人は、まだ若い人やった」

軽く咳を二回し、ゆっくり肩を下げて続ける。

「俺も若かった。もう一五年前になる。外科医の階段を駆け上がっているような、そんなイケイケのときやった。週に八件も大きな手術《メジャー》を自分が主治医でしとったからな」

相当なペースだ。いまの自分は週に三、四件の癌の手術に加え、鼠径ヘルニアや虫垂炎のような小手術を数件という程度だが、かなり忙しい。メジャーを週に八件だと、ほぼ家には帰れないだろう。そこまでハイペースでやっている外科医は、日本国内でもそうそういない、という数だ。

「そんなときの、三〇代の女性患者さんや。瑛子《えいこ》さんと言ってな、フォン・ヴィレブランド病という血液の難病も抱えとって、大腸癌になった。オペしたあとは順調だったが八日目に急変した。夜中にな、たまたま当直で院内にいたからすっ飛んでいった。挿管して心臓マッサージして、全部やったんやけど、だめやった。悔しかったな」

早口で話し続ける。

「家族にお願いして、瑛子さんの葬式に行かせてもらった」

「え？」

主治医が、患者さんの葬式に参列する。そんなことってあるんだろうか。どうでしたか？ と問うまでもなく東凱は続けた。

「まあ、やっぱり怒鳴られたよ。一〇〇人以上が見ている前で、お父さんにな。何度も頭を下げて逃げ帰った」

そうなることは予想できただろうに、なぜ行ったのだろう。

「顔が見たかっただけなんやけどな」

「顔が、見たかった……」

なぜ、どうして、どういう関係だったのか。顔を見て看取りまでしているはずなのに、なぜわざわざ葬式まで……。

東凱は玲の顔色を察したようだった。

「そう。ま、特別な関係やったんや、瑛子さんとは」

言ってから、顔の前で手を振った。

「ああ、恋人だったとかではないよ。でも、医者と患者という関係とも違っとったな。短い付き合いだったけど、不安の強い人でな、ずいぶんこうして夜中に部屋に来て話したもんだ」

もしかしてこの部屋で、なんてことはないだろうか。医局に所属していたらいろいろな病院に飛ばされるから、牛ノ町でないとも限らない。

「俺もずいぶん自分の話をした。外科医の生活やら、変な上司やら。手術室に入室するときは不安だと言ったので手を握って入った」

「はい」

「きれいな顔をしていてな。死に顔も、最期、俺にさんざん苦しめられたわりにはすっきりしていたよ」

東凱は天井を仰いだ。

「そのご家族に、会ったのですか」

「会った。西川口の実家まで行って、俺を怒鳴った親父さんに会ったよ。親父さん、ジャケットに、わざわざネクタイまでしめていた。その節はすいませんでしたって頭を下げたら、そんなことは言われたくない、と言われた。先生を恨まんと誰を恨めばいいかわからんから、謝らんで欲しい、憎まれ役でいて欲しいって。一五年も経つけど、お父さん、俺の前で号泣しちゃってな」

その人の家で、どれほど濃密な時間が流れていたのだろう。

「行くべきじゃなかったのか、とも思った。誰にとっていいことなのか、で行くべきかどうかは変わる。わかるよな?」

こくんと頷いた。

「俺にとっては、やっぱり行くべきだった。自分の人生を仕舞うために」

それは、理解できる。

「瑛子さんにとってはどうだったのか。亡くなった人にとっていいも悪いもないか、という気もするが、俺はよかったんだと思っている。瑛子さんにとっても、俺は特別な存在だったと思う、から」

そう言うと、東凱は目を細めた。

もっと詳しく聞きたい気もするし、一五年も前の思い出にいまさら、とも思う。

なにより、彼の大切な思い出に土足で入っていくようなことはしたくない。結婚をしなかった東凱にとって、「瑛子さん」は生涯心に決めたたった一人の人だったのかもしれないのだ。

「でも、親父さんにとってはどうだったんだろうな。俺の顔なんか見たくなかっただろうし、会って当時の悲しい気持ちを思い起こさせてしまったしな」

「そうでしょうか」

「うん。グリーフ・ワークという言葉、知ってるよな？」

グリーフ・ワーク。大切な人を亡くした人が、その哀しみを受け止め、立ち直るプロセスと習った記憶がある。

「俺と会うことは、親父さんにとって、瑛子さんを失ったことについてのグリーフ・ワークになったんだろう、といまでは思っている。少々こちらの都合を押し付けてはいるがな」

それは、なんとなく理解ができる。東凱を怒鳴りつけ、東凱の前で泣くことで、瑛子さんの父親は次の段階に進めるのかもしれない。

「親父さんに、言われたんよ。なんでいまごろ来たか、理由を言えって」

東凱は苦々しい顔をして続ける。

「さんざん渋ったんだが、最後は折れた。実は私、癌の末期なんです、と言った。そしたら、どうしたと思う？」

「……驚かれたのではないでしょうか」

「まあ、そうやな。結局、先生は自分のためにここに来たんでしょう、私や娘のためではなく、自分のためだったんでしょう、と言われた。はい、おっしゃるとおりです、と言った。でも、あの世で会えるかどうかもわからんし、もう永遠に会えんかもしれんから、瑛子さんに会いに来たんです、そう言った」

「よく、そこまで」

お伝えしたのですね、と言いかけて、言葉を飲み込んだ。こうやって心残りを一つずつ消して、この世から去っていく準備をしている東凱を前に、玲はかける言葉を失っていた。

「勝手だよな。俺だって、親父さんの立場だったら、今頃のこのこ来やがって、と怒ると思う。でも、正直に話したからな、親父さんはわかってくれたようだった。もともと、俺と瑛子さんの関係には、親父さんもなにかしら気づいていたようだから」

そこまで言うと、東凱は弱々しく咳き込んだ。痰の絡まない空咳《からぜき》は、むしろ本人の状態が悪いことを想像させた。

「帰り、西川口の駅のプラットフォームで夕日を見ていたら、気づいたよ。真に向き合う、なんてことは、結局は、自分の満足のためだけだったんだってこと」

「そんな……」

「もっとはよ気づけ、て話やな。でも、外科医を続けるってことは、こういうことを一つずつ全部背中に載せていくことなんだ、ということがわかったよ」

「背中に、ですか」

「ああ。そして俺は、そうやって背負ってきたものを、少しずつ降ろしていった。やっと、軽くなったよ」

力なく笑う東凱は、いくぶんか疲れたようだった。

一つずつ背中に載せていった外科医時代の東凱。そして治らぬ病にかかり、背中から降ろしていった東凱。それが外科医の人生なのか。

先生、私はどうすればいいのですか。そう尋ねたい。置いていかないでください。そう言ってしまいたい。

「横になりますか」

「ああ」

玲はクリーム色のベッド柵に引っ掛けられたベッドのコントローラーを手に取り、背もたれを倒した。

「俺の物語はここでおしまい。それでは問題だ。俺の予後がわかるか？」

一瞬、意味をつかめなかった。なんということを聞くのだ。

「わかるだろ、まあ一週間は持たん。三日持てばいいほうだ」

東凱はそう言うと天井に向かって、はあ、と息を吐いた。その息は室内に広がり、玲のマスクを通過して鼻に入ってきた。死ぬ直前の人間が放つ死臭だった。紛れもなく。

「先生」

「泣くな」

すでに涙があふれそうになっている玲に、東凱はぴしゃりと言った。視界がみるみる歪んでいくが、唇を噛んでこらえる。

「最後に、こんな話が先生に伝えられてよかった。ほら、外科を続けるか悩んどったやろ」

東凱の顔は、あまりにもいつもと同じだった。だからより哀しみが募る。

「佐藤は、いい外科医になったな」

そう言うと、ゆっくり右手を上げた。玲が頭を下げると、手をポンと載せた。

「佐藤……ありがとう……」

それに続けて、東凱が何かを言った気がした。

「先生?」

涙声で尋ねる。東凱の顔もまた歪んでいる。

「いや、なんでもない」

頭から離れた東凱の手は、玲の顎を軽く持ち上げた。

――東凱先生、私……。

玲は、東凱に顔を寄せると唇を押し付けた。一瞬こわばった東凱の手は、すぐにゆるむと玲の頬を包んだ。

口から流れ込んでくるのは、甘いにおい、そして愛しい人の内臓が腐ってゆくにおいである。

唇を離すと、東凱はいつもの顔に戻っていた。

「夜遅くに、悪かったな」

「いえ……先生は」

胸を突いて言葉が出てくる。

「先生は、怖くないのですか。ご自身が、亡くなること」

なんということを言っているのだ、私は。だが、止まらない。

「怖い、なんとかしてくれ、って言ってください、先生」

しかし東凱はそれには答えず、わずかに口角を上げただけだった。音もなく目を瞑ると、右手を軽く上げた。出ろ、という合図だ。

――さようなら、私の愛しい人。

部屋を出て、後ろ手で扉を閉める。

廊下に出ると、ナースステーションから洩れ出てきた灯りと、緑色の非常灯とが混じって、ワックスのかかった床面を照らしていた。

*

翌朝、六時。東凱の病室の扉をノックするが、返事はない。

「失礼します」

部屋に入り、眠っている東凱のもとへ寄る。

「東凱先生」

声をかけながら、わかっている。返事はないだろう、ということは。

立ち寄ったナースステーションで、夜勤の吉川から「東凱先生の意識が深夜から悪くなった」と聞いていた。

仰向けに寝る東凱は、わずかに口を開けて小さく呼吸をしていた。濃く湿った上下のまつ毛が、合わさりきっていない。

昨夜、話をしすぎたのかもしれない。あの全身状態の人に、長い時間、語らせすぎてしまった……。

「先生」

声をかけても、まぶたはぴくりとも動かない。東凱にとってこの世界は、きっともう、終わってしまったのだ。

「東凱先生、昨日はありがとうございました」

耳元で囁くと、音を立てないようにして部屋を出た。

病棟で雑務を終え、会議室へと向かう。

「では、カンファレンスを始めます」

今年最後の外科カンファレンスがいつも通り岩井の司会で始まった。来週行う手術について、一例ずつ雨野が発表《プレゼン》していく。今日はたしか凜子も一例だけやってみると、朝回診のときに雨野が言っていた。ずいぶんと上達した雨野の喋りを聞きながら、昨夜のことを思い出していた。

東凱は、もう意識を戻すことはないだろう。

自分の気持ちを伝える、そんなことは微塵も考えず、ただ思慕する。そしてその気持ちは、シャボン玉のようにパチンと消えてなくなる。それでいい。ずっとそう思っていた。

だが、昨夜、決壊してしまった。冷たい唇。甘い香り。

凜子の発表《プレゼン》が始まる。なんとも流暢《りゅうちょう》だ。画像所見の提示の仕方も見事だ。雨野から教わったとはいえ、相当練習したに違いない。

東凱はこれから死んでいく。そして、自分や雨野、凜子のような新しい外科医がそのあとを継ぐ。連綿と、世界は続いていく。


手術が終わり、夕方になって東凱の部屋に入ると、朝とほぼ同じ姿勢のままベッドに横たわっていた。

入ってすぐ、自分のつけているマスク越しに酸のにおいが感じられる。朝よりも死臭は色濃い。カーテンから西日が漏れて、東凱の掛け布団の上に白い台形を形作っている。

看護師の記録を見ると、ちょっとずつ血圧が下がっているとともに、脈もゆっくりになっていた。

「東凱先生、いかがですか」

返事があるはずはないとわかっているが、やはり尋ねてしまう。

これが最後の会話になるだろうか。

家族といっても東凱の両親はもう亡くなっているらしく、姉が日中に来て、また夜に来ると言っていた。

ベッドサイドの黒い丸椅子に腰を掛けると、東凱の顔がより近くに見えた。

「先生、今夜は泊まりますので」

少し伸びた髭にぐるりと囲まれた、乾いた唇が少し動いたように見えた。問いかけへの返答などではない、外的刺激へのただの生体反応だ。

部屋を出ると、ずしんと肩が重くなった気がした。

研修医の頃じっくりと指導をしてくれた東凱。圧倒的な知識と技術で患者を治す東凱。純粋な恋心とは違う、とは思う。よちよち歩きの研修医時代に、親鳥を見てホッとするような感情だったのかもしれない。

ときめく、という言葉では到底言い尽くせない。憧憬と安堵、そして思慕。当時の恋人だった渋谷には決して持ち得なかった感情。

その男が、いま、自分の腕の中で生涯を閉じようとしている。愛おしい気持ちが、あふれだしてくる。

廊下の窓から射し込むオレンジ色の西日が、空中のちりとほこりの存在を浮かび上がらせている。

こうやって人は生きて、こうやって人は死んでいく。ただ、それだけのことだ。

自分に言い聞かせるように、「しょうがない」と呟いた。

女性専用の仮眠室は、自分を待ち受けていたかのような親密さで満ちていた。白い枕カバーとシーツ、薄い掛け布団。いつもと変わらないのに、なぜかそう感じた。二畳程度の部屋に入ってスクラブ姿のままベッドに腰を掛けると、それだけでホッとした。いつ呼ばれるかと、今朝からずっと過緊張状態だった。

夜九時という時間まで東凱が死ななかったということを、この部屋に入って初めて実感した。

もちろん、いつその時が来るかはわからない。

少しでも、体を休めておきたい。今日の二件の手術は、たかだか計五時間程度だったけれど、玲にとっては過酷なものだった。岩井も雨野もいつも通りで、自分だけが心ここにあらずだった。

とはいえあの二人も、平静を装っていただけかもしれない。雨野はともかく、岩井にとっては元同僚であり後輩の東凱が、いままさに死のうとしている、それを平然と受け入れられるようなタイプだとは思えない。

そのままごろりと硬いベッドに横になると、まるで干からびたミミズのような、点と線の交じった模様が視界に入る。

東凱。

惚れた、などという単純な話ではない。偉大な先輩で、追うべき背中で、かつ何度も自分を助けてくれた恩人。

人間が人間を好きになるということは、そもそもそれほどシンプルなことではないのかもしれない。二割は顔で、二割は体で、二割は人格で、五分だけ声で、あとの残りはたまたま、なんて具合に。そんなことを分析するのは、自分が理系だからだろうか。

いま、東凱はなにを思っているのだろう。意識は朦朧《もうろう》としているから、なにも考えていないのかもしれない。あるいは、声や表情で気持ちを表に出す方法がないだけで、こことと同じように小さい、あの病室に一人閉じこもって、考えごとをしているのかもしれない。

外科医として、患者と向き合う。東凱はそう言い、実際にそうした。自分が死なせてしまった患者の家族に会いに行った。

すっきりしたのだろうか。満足したのだろうか。

大腸癌の専門医として過ごした二十年近く、そして、自分が専門とする大腸癌という病気で命を奪われていく。それはどんな気持ちなのだろうか。

考えてみると、尋ねたいことが山ほどあった。なのに、私はほとんど聞くことなく、この段階にまで来てしまったのだ。

東凱が寂しかったとしたら、苦しかったとしたら。抱きしめ、癒やしてあげたい。そうして、あなたはあなたの人生をまっとうしたのだ、と言ってあげたい。

いま私はまさに、失おうとしているのだ。大切な人を。人生の中で何度あるかわからない、その時を迎えようとしているのだ。

今日は眠れそうにない。いや、寝なくていい。

叶うなら、東凱の病室で過ごしたい。だが、看護師が勤務していて、ましてや家族がいるのにそんなことができるわけがない。

その時は思ったより早くやってきた。

マナーモードにしていたＰＨＳが厳かに振動し、電話の向こうから東凱の状態を告げる声が聞こえてきた。

「はい、すぐ行きます。お姉さん、いらっしゃる？」

「お部屋にいます」

話をしながら仮眠室を出た。暗い廊下を急ぐ。いま早足で行ったって仕方がないのだが、気持ちは急《せ》いている。

誰もいないナースステーションでちらと壁の時計に目をやると、〇時を少し回ったところだった。夜勤の看護師は三人だが、みな東凱のところに行っているのか、あるいは病棟を巡回しているのだろうか。

東凱の個室の扉はわずかに開いており、中から灯りが漏れ出ている。ノックをせずに扉を開けると、すぐのところに岩井が来ていた。ベッドサイドには看護師の吉川が立っていて、ベッドの奥に東凱の姉が座って目を押さえている。

一瞬気が遠くなりそうになる。だが、自分は医者なのだ。

「失礼いたします」

姉に軽く一礼すると、吉川と目を合わせた。岩井は自分を待っていたのだ。主治医として最後の診療行為を私にやらせるために。

吉川はモニターに目をやる。心臓の動きを表す心電図の波形はフラットで、もう動いていないことを示している。

かすかに頷くと、吉川から聴診器と時計、ペンライトを手渡された。

「では、もう心臓が動いていませんので、死亡確認をさせていただきます」

姉はハンカチで口元を押さえながら、立ち上がって頭を下げ「すみません」と言った。

岩井はまるで彫像のように微動だにしない。

聴診器を首にかけ、吉川の私物だろうか、安物の懐中時計のような時計を白衣のポケットにしまうと、ペンライトのスイッチを入れた。

「東凱先生、失礼いたします」

顔を近づけると、不思議とあのにおいは消えてなくなっている。

左手の人差し指でしっとりと湿ったまつ毛を持ち上げ、親指で下まぶたを下げると、黒々とした瞳が現れる。ペンライトの茶褐色の光を入れるが、瞳孔は動かず、もうすでに開きかけている。

右目、左目ときっかり同じ動作を続け、ペンライトをポケットに入れた。

前回、死亡確認をしたのはいつだっただろうか。たしか先月、九〇歳の胃癌終末期《ターミナル》の人だった。あの人と比べたら、東凱はまだ半分しか生きていない。

東凱の病衣の胸から聴診器を差し込んで当てる。温かいが、硬めのゴムのような感触だ。五秒、じっと待つが何の音もない。

手を引っ込めると、時計を取り出して見た。

「では、現在の時刻で」

一二時、と言うか〇時、と言うか迷ってから、

「〇時一四分、瞳孔の対光反射消失、心臓と呼吸の停止を認めまして、死亡確認とさせていただきます」

そう言って、頭を下げた。

姉の嗚咽《おえつ》が聞こえてくる。しばらくして頭を上げると、

「では、また参りますので」

と吉川が言って、部屋を出るように促してきた。岩井は動かない。家族と話すのかもしれない。

部屋を出て、無言のまま二人でナースステーションへと向かう。

ナースステーションで電子カルテ前に座ると、東凱のカルテを開いた。

［0時14分　お姉様の見守る中、瞳孔対光反射消失、心停止、呼吸停止あり、死亡確認。同席　岩井医師、吉川看護師］

さっと書いてしまうと、吉川が声をかけてきた。

「早かった、ね」

「うん」

何に対して、何と比較して早かったのか。若すぎる死ということか。自分たちの心の準備ができておらず早かったのか。

わからなかったが、なんとなく頷いた。

「佐藤先生は東凱先生のお姉さん、ほとんど会わなかったでしょ」

そういえばそうだ。

「本人から病気のことを聞かされてなかったんだって、一週間前まで。だから、面会に来たとき、東凱さんに怒ってたわよ」

「そりゃ、そうね」

でも、東凱らしいとも思う。家族が悲しむことを、きっと望まなかっただろうから。

「エンゼルケア行く前に、お姉さんに外で待っててもらうから、ちょっとだけお別れする？」

お別れ、とは、おそらく二人きりにしてくれるということだろう。勘のいい吉川だ、なにか感じるものがあったのだろう。

「ありがと」

遅れて岩井がナースステーションに戻ってきた。

「よう、お疲れさん」

見上げると、岩井の目は真っ赤だった。

「早かったな」

岩井も、吉川と同じことを言った。

「はい」

「早かった」

それだけ言うと、岩井は立ち去った。

ぼんやりと、電子カルテの前に座る。

吉川のはからいで一人、東凱の部屋に来た。

「失礼します」

入ると、部屋の空気が昨日までとまるで違うことに気づく。さっきは看取りをするために緊張していたからわからなかったが、もうこの部屋に生者はいないのだ。

うまく言えないが、死者だけがいる部屋というのは、空気が軽いような、薄いような、そういう異界の雰囲気になる。

*

「おはようございます」

電子カルテで死亡診断書を書いていると、朝六時きっかりに病棟に来た雨野が声をかけてきた。

［直接の死因　大腸癌］

東凱が死んだあと、その個室には朝から別の患者が入ってくる予定になっていた。玲は岩井を呼び出し、東凱が部屋を出るのを一緒に見送ったのだった。

「今日のオペ、先生が助手で岩井先生が執刀ですよね？　カメラ持ち、僕が基本的にやるのですが、ちょっと西桜寺先生に持たせてもいいですか？」

「うん、いいよ」

ありがとうございます、と言って雨野は隣でキーボードを叩き出す。

［死亡までの期間　2年6カ月13日］

思ったより、短い闘病期間だった、と思う。あの若さだったら、三年半くらいなんとかならなかったのだろうか。

［解剖　無］

「佐藤先生、すみません。先週僕が執刀した患者さんが熱を出してまして、CT撮るか悩んでいるんですが、どう思いますか？」

「あのオペ、膿瘍が遺残《いざん》してる可能性もあるから一応撮っといたら？」

雨野は何やらぶつぶつ言いながらまたキーボードを叩いている。

［上記のとおり診断する　医師　佐藤玲］

ふう、とため息をつく。予想していたことだが、東凱の死亡診断書を書くのはあまりに気が重い。

あっという間に逝ってしまった。

悲しむ間もない、とはこのことだ。岩井が、痛み止めの医療用麻薬《オピオイド》を増やしていた。岩井も雨野も、誰もはっきりとは言わなかったが、その時が迫っているのは明らかだった。

雨野はもちろん、昨夜の東凱の死を知りながら、まったく関係ないことを話しかけてくる。

雨野なりに気を遣ってくれているのだろうが、それも嫌になり、「印刷する」ボタンをクリックすると立ち上がった。

今日の手術は二件だ。病棟を出ると、エレベーターホールでボタンを押す。

ゆっくり開いたエレベーターの扉から、一瞬、東凱が「よう、お疲れ」と顔を出すのではないか、と思った。患者姿の東凱ではない。以前ここに外科医として勤務していたときの東凱だ。

私は、「お疲れ様です、先生」と言って、病棟患者の相談をする。そのまま当直に突入し、また助けてもらって、夜中には緊急手術。そして患者ベッドとともにＩＣＵへ。

だが、もう東凱はいない。永遠に、そのシーンはやってこない。

誰も乗っていないエレベーターに乗り込むと、玲は声なく涙を流し続けた。

エピローグ

「久しぶりね、玲ちゃん」

　母の薫子が嬉しそうに玄関で出迎えた。実家に戻ったのは、かれこれ一カ月ぶりだ。父が退院した快気祝いをと母から連絡をもらっていたものの、当直や呼び出しが続きなかなか来ることができなかった。いつものバレンチノのスリッパに足を入れながら尋ねる。

「お父さんは?」

「リビングでテレビ見てるわよ」

　いつもの、この家独特のすえたようなにおいをいっぱいに吸い込みながら、扉を開けてリビングに入る。ソファに腰掛ける父がいた。

「あれ、元気そうじゃない?」

「よう、その節はありがとう」

脳梗塞で倒れる前の父と、つまりは秋にここに来たときとあまりに変化がなかったので思わず笑ってしまった。変わったことと言えば、父が髭を蓄えていないことくらいだ。病気でなにかを反省して剃ったか、ゲンでも担いだのだろうか。

巨大な有機ＥＬのテレビは、懐かしい歌を特集した番組を流していた。テーブルにつくと、バッグを隣の椅子に置く。

「お紅茶でいい？」

「うん」

キッチンから母の上機嫌な声が聞こえてくる。

「で、どうなの、体調は」

「ああ、すっかりいいよ。あの直後はなんとなく右手が動きにくい気がしたんだけど、ちょっとリハビリしたらもう戻った。ほら」

そう言って、空中で糸を結ぶ仕草をする。

「まさか、まだ手術続けるの？」

「え、ダメか？　もう元通りだからやるよ。足腰もほぼ戻ったからな」

ニヤッと笑う父に呆れる。脳梗塞になり一時的とはいえ手が麻痺を起こした六二歳の外科医に、誰が切られたいと思うのだろう。

「……ま、お父さんの判断だけど」

「そうは言っても、もうでかいオペからは身を引くよ。これからは虫垂炎《アッペ》、痔《ヘモ》、ヘルニア専門医だ」

ちょうどキッチンのほうから、レモンの香りが漂ってくる。

「お待たせ。今日はケーキも買ってきたんだから。ちょっと前に、駒込駅前に新しくできたケーキ屋さんよ、Ｕｓｈｉっていうんだけど。私たちいまここにはまってるのよ」

母がお盆にショートケーキと紅茶を載せて持ってきた。父が向かいに座った。

「えっ、お父さんの分もあるの？」

「そうよぉ、いいじゃない。今日はお祝いなんだから」

不摂生から脳梗塞になった父に、砂糖の塊のようなものを食べさせるとは……。

「まあ、いいか」

急に、父に意地悪をしたくなった。母がキッチンへ引っ込んだ隙に小声で囁く。

「ねえお父さん、病院のあの受付の女の人、もしかしてお父さんのこと好きじゃない？」

「え？」

反応をつぶさに観察する。だが、狼狽する気配はまるでない。シロということか、それとも老獪《ろうかい》な外科医は演技力も一流ということか。

「何言ってるんだ。あの人は、旦那さんを俺が手術して治してから、ずっと応援してくれてるんだ」

「え、そんなこと？」

父はあっけらかんとして、嘘をついているようには見えない。だが、あの女性の表情はこれだけではなかった。彼女がただ一方的に、父に思いを寄せているだけだったというのか……。

「なーんだ。多分、あの人、お父さんのこと好きだよ」

「馬鹿言ってんじゃない」

そう言うと父はショートケーキを口に放り込んだ。

「やっぱりＵｓｈｉのケーキはいい。ほかとは全然違うな」

「でしょう！　いつも並んでるんだから」

「ありがとう母さん、大変な思いして買ってきてくれて」

いちゃいちゃしている二人を見て、あの女性のつけ入る隙はなさそうだと思う。私の「女の勘」とやらも、あてにならないものだ。

「それで、最近玲ちゃんはどう？　忙しいの？」

左隣の席についた母が紅茶をすすり、尋ねる。

「うん、まあ」

最近、と言われて思い出すのはただ一つ。東凱のことだ。

まさか実家の両親にそんな話をするわけにはいかない。悲しんでいる娘に胸を痛めはするだろうが、東凱との関係を説明したところで、きっとわかってはもらえないだろう。

ショートケーキの舳先を金色のフォークで削り取ると、口に入れる。甘すぎない生クリームと、思ったより甘いスポンジケーキのバランスがたしかに独特で美味しい。

紅茶を一口飲む。ゆっくりと、花柄のカップを置いた。

「私さ」

両手を強く組んで、続ける。

「いまの仕事を続ける、ずっと」

そう言うと、母は目を丸くして言った。

「そうなの？」

母が高い声をさらに高くして聞いてくる。少し唐突過ぎたかもしれない。

「うん。お父さん、お母さん、ごめん。私、結婚も妊娠も出産もまだしたくない。というか、手術がしたいの」

父は表情を変えずに、私の目をまっすぐ見ている。

「好きな人がいて、相談した。やりたいならやれって言ってもらって」

一呼吸置いて、続ける。

「いや、だから決めたわけじゃないんだけど、とにかく外科医としてまだ勉強したい。いまの生活を続けたい。だから、結婚とか子どもっていうのはいまは無理だと思う」

「そうか」

父が厳かに言った。

勢いで言ってしまった。反対されるか、説得されるだろうか。

「それなら、そうしなさい」

母は何か言いたそうだ。だが、父が無言で制している。

「幸せは、人それぞれだ」

父は、目を細めて続けた。

「お父さんやお母さんが味わったように、いつか玲にも家庭を持つ幸せを知って欲しいという気持ちはある。でも、外科医が手術をやる幸せだって、突きつめて欲しいと思う。外科医は、病気だけじゃなく人の人生に深く関わる。生半可な気持ちではできないから、僕は大きな手術《メジャー》から身を引いた」

さっきは茶化していたが、手術が生きがいの父にとって、それは相当な覚悟だったに違いない。

「でもね。母さん、続けて」

父が母に話を振った。これはどういうことだろう。前もって打ち合わせでもしていたのか。

「はい。あのね、私たちはいつだって玲ちゃんを応援してるし、味方なのよ。そして、いつ帰ってきてもいいの。あとね、急に好きな人ができたからやっぱり結婚する、なんて言ったっていいんだからね」

——なんということを言うのだ。

まるで予想していなかった流れに、胸が詰まる。

「お母さん」

——ありがとう、と言いたい。でも、言葉が言葉にならない。

「自分は」

——でも、どうしても言わなければ。

「私は、ふたりのもとに生まれてきて幸せだった。心からそう思う。そして、結婚相手を見せたり孫を抱かせたりしてあげられない娘で本当にすまないと思う。でもごめんね、この人生は一度しかない。いま、やりたいことをやるしかないの。こんな娘でごめん」

声が震える。

すると、母が手を重ねてきた。

「なにを言ってるの、玲ちゃん。あなたは、私たちの誇りなのよ」

ねえ、と母は父を見る。父は深く頷く。

「どこにいても、何をしていても、あなたが存在しているだけで、私たちは幸せな気持ちになるの。光に包まれて生まれてきた玲ちゃんは、いまも光の中にいるのよ」

母は、ゆっくりと手を撫でながら続ける。

「私の人生はね、お父さんと結婚して幸せが二倍になった。そしてあなたを産んで、また幸せが二倍になったのよ」

「玲には、話したことがなかったな」

お父さん、と止める母を無視して父は続けた。

「お母さんは、ひどい妊娠中毒だった。いまでいう妊娠高血圧症だ。肺水腫がひどくてな、妊娠を継続したら死ぬかもしれん、と産婦人科医に言われていた」

そんな話は、まったく初耳だった。

「母体を取るか子を取るか、という話までお父さんはされたんだ。当時はまだ妊娠中毒の治療もいまいちだった」

原則、母体の救命を優先すること。国家試験対策の産婦人科の教科書にそう書いてあったのを思い出す。

「玲にはすまないが、お父さんは母体を優先してくれって言ったんだ。だが、お母さんは、なんとしても、どうしてもこの子を産みたい。この子を生きさせたいって聞かなくてな」

父はちらと母を見て続ける。

「さんざん喧嘩したよ。君が生きてさえいればまた妊娠はできる、次回だってあると僕は言った。でも、お母さんは」

母が遮って言った。

「この子はね、特別なのよ。光に包まれて生まれてくるんだから、私だって大丈夫って言ったの」

白い歯をのぞかせる。

「妊娠で頭がおかしくなったんじゃないかと思ったよ、光がどうって急に言うから。でも、お母さんの言う通りだった。お母さんはしっかり正期産まで妊娠を続けて、息も絶え絶えに出産したんだ。当時僕が勤めていた病院は産科がなかったから、毎晩仕事が終わったら病院に駆けつけてな。見てるこっちも生きた心地がしなかった」

「そんなことが……あったの……」

これまで三三年生きてきて、一度もそんな話をされたことはなかった。それほど危ない思いをして、私を産んでくれたのか。

「お母さん」

どう感謝を伝えればよいのか。そして、これまで母に反抗したり冷たくあたったりしてきたことを、どう謝ればいいのか。溢れる言葉たちが涙になって、玲の目から次々とこぼれ落ちる。

「あなたはあなたのしたいように生きて。私たちはまだまだ元気だから。ね」

「ああ、そうだ。お父さんも完全復活したからな」

＊

帰り道のタクシーの中、玲はぼんやりと窓の外を見ていた。日曜の夜だからか、本郷通りの車は少ない。

あんな思いで母が自分を産んでくれたとは、まるで知らなかった。ありがたい、と思うと同時に、自分がそういう女性でないことへの罪悪感も頭をもたげる。

両親は、ああ言ってくれた。だが、本心はやはり孫を抱きたいと思っているのではないだろうか。

向丘の交差点に差し掛かると、赤い「長徳」の看板の中華料理屋の前に三、四人が並んでいる。いつもながらの人気だ。

親に対しては、やっぱり薄情だと思う。すみませんとしか言えない。渋谷にも悪かったのかもしれない。

でも、自分は自分の道を生きることしかできない。

「先生はさ、外科のオーラ出てたよ、背中から」

初めて会った日の東凱の声がよみがえる。

タクシーが大きく曲がって言問通りへと入る。自宅はもうすぐだ。

明日は月曜日。大きな手術が私を待っている。

この作品は書き下ろしです。

幻冬舎文庫

●好評既刊
泣くな研修医
中山祐次郎

雨野隆治は25歳、研修医。初めての当直、初めての手術、初めてのお看取り。自分の無力さに打ちのめされながら、懸命に命と向き合う姿を、現役外科医が圧倒的なリアリティで描く感動のドラマ。

●好評既刊
逃げるな新人外科医
泣くな研修医2
中山祐次郎

「俺、こんなに下手なのにメスを握っている。命を託されている」――重圧につぶされそうになりながら、ガムシャラに命と向き合う新人外科医の成長を、現役外科医がリアルに描くシリーズ第二弾。

●好評既刊
走れ外科医
泣くな研修医3
中山祐次郎

若手外科医・雨野隆治に二十一歳の癌患者が打ち明けた「人生でやっておきたいこと第一位」。医師として止めるべきか？　友達として叶えてあげるべきか？　現役外科医による人気シリーズ第三弾。

●好評既刊
やめるな外科医
泣くな研修医4
中山祐次郎

雨野隆治は医者六年目、少しずつ仕事に自信もっていてきた。ある夜、難しい手術を終え後輩と飲んでいると、病院から緊急連絡が……。現役外科医が生と死の現場をリアルに描くシリーズ第四弾。

●好評既刊
悩め医学生
泣くな研修医5
中山祐次郎

憧れの医学部に入学した雨野隆治を待ち受けていたハードな講義、試験、実習の嵐。自分なんかが医者になれるのか？　なっていいのか？　現役外科医による人気シリーズ、エピソードゼロ青春編。

幻冬舎文庫

●好評既刊
外科医、島へ
泣くな研修医6
中山祐次郎

東京でなら助かる命が、ここでは助からない——。半年の任期で離島の診療所に派遣された雨野隆治は、島の医療の現実に直面し、己の未熟さを思い知る。現役外科医による人気シリーズ第六弾。

●最新刊
ありきたりな言葉じゃなくて
渡邉　崇

一人の女性との出会いをきっかけに、人生がどん底に堕ちていく。強制猥褻だと示談金を要求され、借金をしてまで支払ったのに、仕事先に怪文書を流される。素知らぬ顔で彼女が再び現れて……。

●最新刊
家康はなぜ乱世の覇者となれたのか
安部龍太郎

戦国の最終勝者・家康は、信長、秀吉と何が違ったのか？　関ヶ原を勝ち抜いた強運を支えたのは、独創的な地球規模の発想と人脈なのである。誰も知らなかった国際人・家康の姿に、驚嘆の一冊。

●最新刊
他言せず
天野節子

顔馴染みの御用聞が、配達の途中で行方不明になる。警察は店の台帳をもとに彼らの配達先を訪ねるが、皆なぜか口を閉ざす。倉元家の女中もまたお屋敷で見た「あること」を警察に言えずにいた。

●最新刊
神様、福運を招くコツはありますか？
桜井識子

神様から直接教えてもらった福運の招き方を紹介。縁起物のパワーを引き出して運を強くする方法とは？　神様がくれるサインはどんなものがある？　神仏のご加護で人生を幸転させるヒントが満載。

迷《まよ》うな女性外科医《じょせいげかい》

泣《な》くな研修医《けんしゅうい》7

中山《なかやま》祐《ゆう》次《じ》郎《ろう》

令和6年12月5日　初版発行
令和7年4月10日　4版発行

発行人――石原正康
編集人――宮城晶子
発行所――株式会社幻冬舎
〒151-0051東京都渋谷区千駄ヶ谷4-9-7
電話　03(5411)6222(営業)
　　　03(5411)6211(編集)
公式HP　https://www.gentosha.co.jp/

印刷・製本――株式会社　光邦
装丁者――高橋雅之

幻冬舎文庫

ISBN978-4-344-43439-4　C0193　な-46-7